莎士比亚全集·中文本（典藏版）
William Shakespeare: Complete Works

［英］威廉·莎士比亚（William Shakespeare）
辜正坤 主编／覃学岚 译

亨利六世（上）

The First Part of

Henry the Sixth

外语教学与研究出版社
北京

京权图字：01-2016-5025

图书在版编目（CIP）数据

亨利六世. 上／（英）威廉·莎士比亚（William Shakespeare）著；覃学岚译.
北京：外语教学与研究出版社，2024. 6. --（莎士比亚全集／辜正坤主编）.
ISBN 978-7-5213-5364-8
I. I561.33
中国国家版本馆 CIP 数据核字第 20244PV186 号

亨利六世（上）
HENGLI LIU SHI (SHANG)

出 版 人	王　芳
项目负责	邢印姝　郭芮萱
责任编辑	李旭洁
责任校对	李　鑫
封面设计	张　潇
出版发行	外语教学与研究出版社
社　　址	北京市西三环北路 19 号（100089）
网　　址	https://www.fltrp.com
印　　刷	三河市北燕印装有限公司
开　　本	710×1000　1/16
印　　张	11
字　　数	176 千字
版　　次	2024 年 6 月第 1 版
印　　次	2024 年 6 月第 1 次印刷
书　　号	ISBN 978-7-5213-5364-8
定　　价	68.00 元

如有图书采购需求，图书内容或印刷装订等问题，侵权、盗版书籍等线索，请拨打以下电话或关注官方服务号：
客服电话：400 898 7008
官方服务号：微信搜索并关注公众号"外研社官方服务号"
外研社购书网址：https://fltrp.tmall.com

物料号：353640001

出版说明

1623 年，莎士比亚的演员同僚们倾注心血结集出版了历史上第一部《莎士比亚全集》——著名的第一对开本，这是三百多年来许多导演和演员最为钟爱的莎士比亚文本。2007 年，由英国皇家莎士比亚剧团（Royal Shakespeare Company）推出的《莎士比亚全集》，则是对第一对开本首次全面的修订。

本套《莎士比亚全集》新汉译本，正是依据当今莎学界最负声望的皇家版《莎士比亚全集》翻译而成。译本的凡例说明如下：

一、**文体**：剧文有诗体和散体之分。未及最右行末即转行的为诗体。文字连排、直至最右行末转行的，则为散体。

二、**舞台提示**：

1）角色的上场与下场及其他舞台提示以仿宋体排出，穿插于剧文中的舞台提示以圆括号进行标注，如：（对亨利王子）。

2）舞台提示中的特殊符号。译本所依据的皇家版《莎士比亚全集》的编辑者对舞台提示中的不确定情形以特殊符号予以标注，译本亦保留了这些符号：如（旁白？）表示某行剧文既可作为旁白，亦可当作对话；又如某个舞台活动置于箭头 ↓↓ 之间，表示它可发生在一场戏中的多个不同时刻。

三、**脚注**：脚注中除标注有"译者附注"字样的，均译自或改编自皇家版《莎士比亚全集》注释。脚注多为对剧文中背景知识及专名的解释，以使读者更好地理解剧情；亦包含部分与英文原文相关的脚注，以使读者在品味译者的佳文时，亦体验到英文原文的精妙。

四、文本：译本以第一对开本为蓝本，部分剧目中四开本与之明显相异的段落亦有译出，附于正文之后，供读者参考。

此《莎士比亚全集》新汉译本历经策划、翻译、编辑加工和印装等工序，各个环节的参与者均竭尽全力，力求完美，但由于水平、精力所限，难免有所错漏，敬请广大读者赐教指正。

外语教学与研究出版社
综合出版事业部

莎士比亚诗体重译集序

辜正坤

他非一代骚人，实属万古千秋。

这是英国大作家本·琼森（Ben Jonson）在第一部《莎士比亚全集》（*Mr. William Shakespeares Comedies, Histories, & Tragedies*, 1623）扉页上题诗中的诗行。三百多年来，莎士比亚在全球逐步成为一个家喻户晓的名字，似乎与这句预言在在呼应。但这并非偶然言中，有许多因素可以解释莎士比亚这一巨大的文化现象产生的必然性。最关键的，至少有下面几点。

首先，其作品内容具有惊人的多样性。世界上很难有第二个作家像莎士比亚这样能够驾驭如此广阔的题材。他的作品内容几乎无所不包，称得上英国社会的百科全书。帝王将相、走卒凡夫、才子佳人、恶棍屠夫……一切社会阶层都展现于他的笔底。从海上到陆地，从宫廷到民间，从国际到国内，从灵界到凡尘……笔锋所指，无处不至。悲剧、喜剧、历史剧、传奇剧，叙事诗、抒情诗……都成为他显示天才的文学样式。从哲理的韵味到浪漫的爱情，从盘根错节的叙述到一唱三叹的诗思，波涛汹涌的情怀，妙夺天工的笔触，凡开卷展读者，无不为之拊掌称绝。即使只从莎士比亚使用过的海量英语词汇来看，也令人产生仰之弥高的感觉。德国语言学家马克斯·缪勒（Max Müller）原以为莎士比亚使用过的词汇最多为 15,000 个，事后证明这当然是小看了语言大师的词汇储藏量。美国教授爱德华·霍尔登（Edward Holden）经过一番考察后，认为至少达 24,000 个。可是他哪里知道,这依然是一种低估。有学者甚至声称用电脑检索出莎士比亚用的词汇多达 43,566 个!当然,这些数据还不是莎士比亚作品之所以产生空前影响的关键因素。

其次,但也许是更重要的原因:他的作品具有极高的娱乐性。文学作品的生命力在于它能寓教于乐。莎士比亚的作品不是枯燥的说教,而是能够给予读者或观众极大艺术享受的娱乐性创造物,往往具有明显的煽情效果,有意刺激人的欲望。这种艺术取向当然不是纯粹为了娱乐而娱乐,掩藏在背后的是当时西方人强有力的人本主义精神,即用以人为本的价值观来对抗欧洲上千年来以神为本的宗教价值观。重欲望、重娱乐的人本主义倾向明显对重神灵、重禁欲的神本主义产生了极大的挑战。当然,莎士比亚的人本主义与中国古人所主张的人本主义有很大的区别。要而言之,前者在相当大的程度上肯定了人的本能欲望或原始欲望的正当性,而后者则主要强调以人的仁爱为本规范人类社会秩序的高尚的道德要求。二者都具有娱乐效果,但前者具有纵欲性或开放性娱乐效果,后者则具有节欲性或适度自律性娱乐效果。换句话说,对于 16、17 世纪的西方人来说,莎士比亚的作品暗中契合了试图挣脱过分禁欲的宗教教义的约束而走向个性解放的千百万西方人的娱乐追求,因此,它会取得巨大成功是势所必然的。

第三,时势造英雄。人类其实从来不缺善于煽情的作手或视野宏阔的巨匠,缺的常常是时势和机遇。莎士比亚的时代恰恰是英国文艺复兴思潮达到鼎盛的时代。禁欲千年之久的欧洲社会如堤坝围裹的宏湖,表面上浪静风平,其底层却汹涌着决堤的纵欲性暗流。一旦湖堤洞开,飞涛大浪呼卷而下,浩浩汤汤,汇作长河,而莎士比亚恰好是河面上乘势而起的弄潮儿,其迎合西方人情趣的精湛表演,遂赢得两岸雷鸣般的喝彩声。时势不光涵盖社会发展的总趋势,也牵连着别的因素。比如说,文学或文化理论界、政治意识形态对莎士比亚作品理解、阐释的多样性与莎士比亚作品本身内容的多样性产生相辅相成的效果。"说不尽的莎士比亚"成了西方学术界的口头禅。西方的每一种意识形态理论，尤其是文学理论，要想获得有效性，都势必会将阐释莎士比亚的作品作为试金石。17 世纪初的人文主义，18 世纪的启蒙主义，19 世纪的浪漫主义，20 世纪的现实主义或批判现实主义，都不同程度地、选择性地把莎士比亚作品作为阐释其理论特点的例证。也许 17 世纪的古典主义曾经阻遏过西方人对莎士比亚作品的过度热情，但是 19 世纪的浪漫主义流派却把莎士比亚作品推崇到无以复加的崇高地位，莎士比亚俨然成了西方文学的神灵。20 世纪以来，西方资本主义阵营和社会主义阵营可以说在意识形态的各个方面都互相对立，势同水火，可是在对待莎士比亚的问题上，居然有着惊人的共识与默契。不用说，社会主义阵营的立场与社会主义理论的创始人马克思（Karl Marx）、恩格斯（Friedrich Engels）个人的审美情趣息息相关。马克思一家都是莎士比亚的粉丝；马克思称莎士比亚为"人类最伟大的天才之一，人类文学奥林波斯山上的宙斯"！他号召作家们要更加莎士比亚化。恩格斯甚至指出："单是《快乐的温莎巧妇》[1]的第一幕就比全部德国文学包含着更多的生活气息。"不用说，这些话多多少少有某种程度的文学性夸张，但对莎士比亚的崇高地位来说，却无疑产生了极大的推动作用。

第四，1623 年版《莎士比亚全集》奠定莎士比亚崇拜传统。这个版本即眼前译本所依据的皇家版《莎士比亚全集》（*The RSC William Shakespeare: Complete Works*, 2007）的主要内容。该版本产生于莎士比亚去世的第七年。莎士比亚的舞台同仁赫明奇（John Heminge）和康德尔（Henry Condell）整理出版了第一部莎士比亚戏剧集。当时的大学者、大

---

1 英文剧名为 The Merry Wives of Windsor，朱生豪先生译作《温莎的风流娘儿们》；重译本综合考虑剧情和英文书名，译作《快乐的温莎巧妇》。

作家本·琼森为之题诗，诗中写道："他非一代骚人，实属万古千秋。"这个调子奠定了莎士比亚偶像崇拜的传统。而这个传统一旦形成，后人就难以反抗。英国文学中的莎士比亚偶像崇拜传统已经形成了一种自我完善、自我调整、自我更新的机制。至少近两百年来，莎士比亚的文学成就已被宣传成世界文学的顶峰。

第五，现在署名"莎士比亚"的作品很可能不只是莎士比亚一个人的成果，而是凝聚了当时英国若干戏剧创作精英的团体努力。众多大作家的智慧浓缩在以"莎士比亚"为代号的作品集中，其成就的伟大性自然就获得了解释。当然，这最后一点只是莎士比亚研究界若干学者的研究性推测，远非定论。有的莎士比亚著作爱好者害怕一旦证明莎士比亚不是署名为"莎士比亚"的著作的作者，莎士比亚的著作便失去了价值，这完全是杞人忧天。道理很简单，人们即使证明了《红楼梦》的作者不是曹雪芹，或《三国演义》的作者不是罗贯中，也丝毫不影响这些作品的伟大价值。同理，人们即使证明了《莎士比亚全集》不是莎士比亚一个人创作的，也丝毫不会影响《莎士比亚全集》是世界文学中的伟大作品这个事实，反倒会更有力地证明这个事实，因为集体的智慧远胜于个人。

皇家版《莎士比亚全集》译本翻译总思路

横亘于前的这套新译本，是依据当今莎学界最负声望的皇家版《莎士比亚全集》进行翻译的，而皇家版又正是以本·琼森题过诗的 1623 年版《莎士比亚全集》为主要依据。

这套译本是在考察了中国现有的各种译本后，根据新的历史条件和新的翻译目的打造出来的。其总的翻译思路是本套译本主编会同外语教学与研究出版社的相关领导和责任编辑讨论的结果。总起来说，皇家版《莎士比亚全集》译本在翻译思路上主要遵循了以下几条：

1. 版本依据。如上所述，本版汉译本译文以英国皇家版《莎士比亚全集》为基本依据。但在翻译过程中，译者亦酌情参阅了其他版本，以增进对原作的理解。

2. 翻译内容包括：内页所含全部文字。例如作品介绍与评论、正文、注释等。

3. 注释处理问题。对于注释的处理：1）翻译时，如果正文译文已经将英文版某注释的基本含义较准确地表达出来了，则该注释即可取消；2）如果正文译文只是部分地将英文版对应注释的基本含义表达出来，则该注释可以视情况部分或全部保留；3）如果注释本身存疑，可以在保留原注的情况下，加入译者的新注。但是所加内容务必有理有据。

4. 翻译风格问题。对于风格的处理：1）在整体风格上，译文应该尽量逼肖原作整体风格，包括以诗体译诗体，以散体译散体；2）在具体的文字传输处理上，通常应该注重汉译本身的文字魅力，增强汉译本的可读性。不宜太白话，不宜太文言；文白用语，宜尽量自然得体。句子不要太绕，注意汉语自身表达的句法结构，尤其是其逻辑表达方式。意义的异化性不等于文字形式本身的异化性，因此要注意用汉语的归化性来传输、保留原作含义的异化性。朱生豪先生的译本语言流畅、可读性强，但可惜不是诗体，有违原作形式。当下译本是要在承传朱先生译本优点的基础上，根据新时代的读者审美趣味，取得新的进展。梁实秋先生等的译本，在达意的准确性上，比朱译有所进步，也是我们应该吸纳的优点。但是梁译文采不足，则须注意避其短。方平先生等的译本，也把莎士比亚翻译往前推进了一步，在进行大规模诗体翻译方面作出了宝贵的尝试，但是离真正的诗体尚有距离。此外，前此的所有译本对于莎士比亚原作的色情类用语都有程度不同的忽略，本套皇家版译本则尽力在此方面还原莎士比亚的本真状态（论述见后文）。其他还有一些译本，亦都应该受到我们的关注，处理原则类推。每种译本都有自己独特的东西。我们希望美的译文是这套译本的突出特点。

5.借鉴他种汉译本问题。凡是我们曾经参考过的较好的译本，都在适当的地方加以注明，承认前辈译者的功绩。借鉴利用是完全必要的，但是要正大光明，避免暗中抄袭。

6.具体翻译策略问题特别关键，下文将其单列进行陈述。

莎士比亚作品翻译领域大转折：真正的诗体译本

莎士比亚首先是一个诗人。莎士比亚的作品基本上都以诗体写成。因此，要想尽可能还原本真的莎士比亚，就必须将莎士比亚作品翻译成为诗体而不是散文，这在莎学界已经成为共识。但是紧接而来的问题是：什么叫诗体？或需要什么样的诗体？

按照我们的想法：1）所谓诗体，首先是措辞上的诗味必须尽可能浓郁；2）节奏上的诗味（包括分行）等要予以高度重视；3）结合中国人的审美习惯，剧文可以押韵，也可以不押韵。但不押韵的剧文首先要满足前两个要求。

本全集翻译原计划由笔者一个人来完成。但是，莎士比亚的创作具有惊人的多样性，其作品来源也明显具有莎士比亚时代若干其他作家与作品的痕迹，因此，完全由某一个译者翻译成一种风格，也许难免偏颇，难以和莎士比亚风格的多样性相呼应。所以，集众人的力量来完成大业，应该更加合理，更加具有可操作性。

具体说来，新时代提出了什么要求？简而言之，就是用真正的诗体翻译莎士比亚的诗体剧文。这个任务，是朱生豪先生无法完成的。朱先生说过，他在翻译莎士比亚作品时，"当然预备全部用散文译出，否则将要了我的命"。[1] 显然，朱先生也考虑过用诗体来翻译莎士比亚著作的问题，但是他的结论是：第一，靠单独一个人用诗体翻译《莎士比亚全集》是办不到的，会因此累死；第二，他用散文翻译也是不得已的办法，因为只有这样他才有可能在有生之年完成《莎士比亚全集》的翻译工作。

将《莎士比亚全集》翻译成诗体比翻译成散文体要难得多。难到什么程度呢？和朱生豪先生的翻译进度比较一下就知道了。朱先生翻译得最快的时候，一天可以翻译一万字。[2] 为什么会这么快？朱先生才华过人，这当然是一个因素，但关键因素是：他是用散文翻译的。用真正的诗体就不一样了。以笔者自己的体验，今日照样用散文翻译莎士比亚剧本，最快时也可达到每日一万字。这是因为今日的译者有比以前更完备的注释本和众多的前辈汉译本作参考，至少在理解原著时，要比朱先生当年省力得多，所以翻译速度上最高达到一万字是不难的。但是翻译成诗体就是另外一回事了。这比自己写诗还要难得多。写诗是自己随意发挥，译诗则必须按照别人的意思发挥，等于是戴着镣铐跳舞。笔者自己写诗，诗兴浓时，一天数百行都可以写得出来，但是翻译诗，一天只能是几十行，统计成字数，往往还不到一千字，最多只是朱生豪先生散文翻译速度的十分之一。梁实秋先生翻译《莎士比亚全集》用的也是散文，但是也花了 37 年，如果要翻译成真正的诗体，那么至少得 370 年！由此可见，真正的诗体《莎士比亚全集》汉译本的诞生，有多么艰难。此次笔者约稿的各位译者，都是用诗体翻译，并且都表示花费了大量的时间，

1　见朱生豪大约在 1936 年夏致宋清如信："今天下午，我试译了两页莎士比亚，还算顺利，不过恐怕终于不过是 Poor Stuff 而已。当然预备全部用散文译出，否则将要了我的命。"(《伉俪：朱生豪宋清如诗文选》下卷，中国青年出版社，2013 年，第 94 页)

2　朱生豪："今天因为提起了精神，却很兴奋，晚上译了六千字，今天一共译一万字。"(同上，第 101 页)

皇家版《莎士比亚全集》译本凝聚了诸位译者的多少努力，也就不言而喻了。

翻译诗体分辨：不是分了行就是真正的诗

　　主张将莎士比亚剧作翻译成诗体成了共识，但是什么才是诗体，却缺乏共识。在白话诗盛行的时代，许多人只是简单地认定分了行的文字就是诗这个概念。分行只是一个初级的现代诗要求，甚至不必是必然要求，因为有些称为诗的文字甚至连分行形式都没有。不过，在莎士比亚作品的翻译上，要让译文具有诗体的特征，首先是必定要分行的，因为莎士比亚原作本身就有严格的分行形式。这个不用多说。但是译文按莎士比亚的方式分了行，只是达到了一个初级的低标准。莎士比亚的剧文读起来像不像诗，还大有讲究。

　　卞之琳先生对此是颇有体会的。他的译本是分行式诗体，但是他自己也并不认为他译出的莎士比亚剧本就是真正的诗体译本。他说：读者阅读他的译本时，"如果……不感到是诗体，不妨就当散文读，就用散文标准来衡量"。[1] 这是一个诚实的译者说出的诚实话。不过，卞先生很谦虚，他有许多剧文其实读起来还是称得上诗体的。原因是什么？原因是他注意到了笔者上文提到的两点：第一，诗的措辞；第二，诗的节奏。只不过他迫于某些客观原因，并没有自始至终侧重这方面的追求而已。

　　显然，一些译本翻译了莎士比亚的剧文，在行数上靠近莎士比亚原作，措辞也还流畅。这些是不是就是理想的诗体莎士比亚译本呢？笔者认为，这还不够。什么是诗，对于中国人来说有几千年的历史，我们不

1　卞之琳：《莎士比亚悲剧四种》，方志出版社，2007 年，第 4 页。

能脱离这个悠久的传统来讨论这个问题。为此，我们不得不重新提到一些基本概念：什么是诗？什么是诗歌翻译？

诗歌是语言艺术，诗歌翻译也就必须是语言艺术

讨论诗歌翻译必须从讨论诗歌开始。

诗主情。诗言志。诚然。但诗歌首先应该是一种精妙的语言艺术。同理，诗歌的翻译也就不得不首先表现为同类精妙的语言艺术。若译者的语言平庸而无光彩，与原作的语言艺术程度差距太远，那就最多只是原诗含义的注释性文字，算不得真正的诗歌翻译。

那么，何谓诗歌的语言艺术？

无他，修辞造句、音韵格律一整套规矩而已。无规矩不成方圆，无限制难成大师。奥运会上所有的技能比赛，无不按照特定的规矩来显示参赛者高妙的技能。德国诗人歌德（Johann Wolfgang von Goethe）《自然和艺术》（"Natur und Kunst"）一诗最末两行亦彰扬此理：

非限制难见作手，
唯规矩予人自由。[1]

艺术家的"自由"，得心应手之谓也。诗歌既为语言艺术，自然就有一整套相应的语言艺术规则。诗人应用这套规则时，一旦达到得心应手的程度，那就是达到了真正成熟的境界。当然，规矩并非一点都不可打破，但只有能够将规矩使用到随心所欲而不逾矩的程度的人，才真正有资格去创立新规矩，丰富旧规矩。创新是在承传旧规则长处的基础上来进行的，而不是完全推翻旧规则，肆意妄为。事实证明，在语言艺术上

1　In der Beschränkung zeigt sich erst der Meister, / Und das Gesetz nur kann uns Freiheit geben. 参见 http://www.business-it.nl/files/7d413a5dca62fc735a072b16fbf050b1-27.php.

凡无视积淀千年的诗歌语言规则，随心所欲地巧立名目、乱行胡来者，永不可能在诗歌语言艺术上取得大的成就，所以歌德认为：

> 若徒有放任习性，
> 则永难至境遨游。[1]

诗歌语言艺术如此需要规则，如此不可放任不羁，诗歌的翻译自然也同样需要相类似的要求。这个要求就是笔者前面提出的主张：若原诗是精妙的语言艺术，则理论上说来，译诗也应是同类精妙的语言艺术。

但是，"同类"绝非"同样"。因为，由于原作和译作使用的语言载体不一样，其各自产生的语言艺术规则和效果也就各有各的特点，大多不可同样复制、照搬。所以译作的最高目标，是尽可能在译入语的语言艺术领域达到程度大致相近的语言艺术效果。这种大致相近的艺术效果程度可叫作"最佳近似度"。它实际上也就是一种翻译标准，只不过针对不同的文类，最佳近似度究竟在哪些因素方面可最佳程度地（并不一定是最大程度地）取得近似效果，不是一成不变的，而是具有高度的灵活性。不同的文类，甚至针对不同的受众，我们都可以设定不同的最佳近似度。这点在拙著《中西诗比较鉴赏与翻译理论》（清华大学出版社，2010 年）的相关章节中有详细的厘定，此不赘。

话与诗的关系：话不是诗

古人的口语本来就是白话，与现在的人说的口语是白话一个道理。

---

1 Vergebens werden ungebundene Geister / Nach der Vollendung reiner Höhe streben. 参 见 http://www.cosmiq.de/qa/show/3454062/Vergebens-werden-ungebundne-Geister-Nach-der-Vollendung-reiner-Hoehe-streben-Was-ist-die-Bedeutung-dieser-2-Verse-Ich-komm-nicht-drauf/t.

　　正因为白话太俗，不够文雅，古人慢慢将白话进行改进，使它更加规范、更加准确，并且用语更加丰富多彩，于是文言产生。在文言的基础上，还有更文的文字现象，那就是诗歌，于是诗歌产生。所以就诗歌而言，文言味实际上就是一种特殊的诗味。文言有浅近的文言，也有佶屈聱牙的文言。中国传统诗歌绝大多数是浅近的文言，但绝非口语、白话。诗中有话的因素，自不待言，但话的因素往往正是诗试图抑制的成分。

　　文言和诗歌的产生是低俗的口语进化到高雅、准确层次的标志。文言和诗歌的进一步发展使得语言的艺术性愈益增强。最终，文言和诗歌完成了艺术性语言的结晶化定型。这标志着古代文学和文学语言的伟大进步。《诗经》、楚辞、唐诗、宋词、元明戏曲，以及从先秦、汉、唐、宋、元至明清的散文等，都是中国语言艺术逐步登峰造极的明证。

　　人们往往忘记：话不是诗，诗是话的升华。话据说至少有**几十万年**的历史，而诗却只有**几千年**的历史。白话通过漫长的岁月才升华成了诗。因此，从理论上说，白话诗不是最好的诗，而只是低层次的、初级的诗。当一行文字写得不像是话时，它也许更像诗。"太阳落下山去了"是话，硬说它是诗，也只是平庸的诗，人人可为。而同样含义的"白日依山尽"不像是话，却是真正的诗，非一般人可为，只有诗人才写得出。它的语言表达方式与一般人的通用白话脱离开来了，实现了与通用语的偏离(deviation from the norm)。这里的通用语指人们天天使用的白话。试想把唐诗宋词译成白话，还有多少诗味剩下来？

　　谢谢古代先辈们一代又一代、不屈不挠的努力，话终于进化成了诗。

　　但是，20世纪初一些激进的中国学者鼓荡起一场声势浩大的白话文运动。

　　客观说来，用白话文来书写、阅读自然科学和人文科学文献，例如哲学、政治学、伦理学、经济学等等文献，这都是**伟大的进步**。这个进步甚至可以上溯到八百多年前朱熹等大学者用白话体文章传输理学思想。对此笔者非常拥护，非常赞成。

但是约一百年前的白话诗运动却未免走向了极端，事实上是一种语言艺术方面的倒退行为。已经高度进化的诗词曲形式被强行要求返祖回归到三千多年前的类似白话的状态，已经高度语言艺术化了的诗被强行要求退化成话。艺术性相对较低的白话反倒成了正统，艺术性较高的诗反倒成了异端。其实，容许口语类白话诗和文言类诗并存，这才是正确的选择。但一些激进学者故意拔高白话地位，在诗歌创作领域搞成白话至上主义，这就走上了极端主义道路。

这个运动影响到诗歌翻译的结果是什么呢？结果是西方所有的大诗人，不论是古代的还是近代的，如荷马（Homer）、但丁（Dante）、莎士比亚、歌德、雨果（Victor Hugo）、普希金（Alexander Pushkin）……都莫名其妙地似乎用同一支笔写出了 20 世纪初才出现的味道几乎相同的白话文汉诗！

将产生这种极端性结果的原因再回推，我们会清楚地明白，当年的某些学者把文学艺术简单雷同于人文社会科学，误解了文学艺术，尤其是诗歌艺术的特殊性质，误以为诗就是话，混淆了诗与话的形式因素。

针对莎士比亚戏剧诗的翻译对策

由上可知，莎士比亚的剧文既然大多是格律诗，无论有韵无韵，它们都是诗，都有格律性。因此在汉译中，我们就有必要显示出它具有格律性，而这种格律性就是诗性。

问题在于，格律性是附着在语言形式上的；语言改变了，附着其上的格律性也就大多会消失。换句话说，格律大多不可复制或模仿，这就正如用钢琴弹不出二胡的效果，用古筝奏不出黑管的效果一样。但是，原作的内在旋律是可以模仿的，只是音色变了。原作的诗性是可以换个形式营造的，这就是利用汉语本身的语言特点营造出大略类似的语言艺术审美效果。

由于换了另外一种语言媒介，原作的语音美设计大多已经不能照搬、复制，甚至模拟了，那么我们就只好断然舍弃掉原作的许多语音美设计，而代之以译入语自身的语言艺术结构产生的语音美艺术设计。当然，原作的某些语音美设计还是可以尝试模拟保留的，但在通常的情况下，大多数的语音美已经不可能传输或复制了。

利用汉语本身的语音审美特点来营造莎士比亚诗歌的汉译语音审美效果，是莎士比亚作品翻译的一个有效途径。机械照搬原作的语音审美模式多半会失败，并且在大多数的场合下也没有必要。

具体说来，这就涉及翻译莎士比亚戏剧作品时该如何处理：1）节奏；2）韵律；3）措辞。笔者主张，在这三个方面，我们都可以适当借鉴利用中国古代词曲体的某些因素。戏剧剧文中的诗行一般都不宜多用单调的律诗和绝句体式。元明戏剧为什么没有采用前此盛行的五言或七言诗行而采用了长短错杂、众体皆备的词曲体？这是一种艺术形式发展的必然。元明曲体由于要更好更灵活地满足抒情、叙事、论理等诸多需要，故借用发展了词的形式，但不是纯粹的词，而是融入了民间语汇。词这种形式涵盖了一言、二言、三言、四言、五言、六言、七言、八言……乃至十多言的长短句式，因此利于表达变化莫测的情、事、理。从这个意义上看，莎士比亚剧文语言单位的参差不齐状态与中文词曲体句式的参差不齐状态正好有某种相互呼应的效果。

也许有人说，莎士比亚的剧文虽然是格律诗，但并不怎么押韵，因此汉诗翻译也就不必押韵。这个说法也有一定道理，但是道理并不充实。

首先，我们应该明白，既然莎士比亚的剧文是诗体，人们读到现今的散体译文或不押韵的分行译文却难以感受到其应有的诗歌风味，原因即在于其音乐性太弱。如果人们能够照搬莎士比亚素体诗所惯常用的音步效果及由此引起的措辞特点，当然更好。但事实上，原作的节奏效果是印欧语系语言本身的效果，换了一种语言，其效果就大多不能搬用了，所以我们只好利用汉语本身的优势来创造新的音乐美。这种音乐美很难说是原作的音乐美，但是它毕竟能够满足一点：即诗体剧文应该具有诗歌应有的音乐美这个起码要求。而汉译的押韵可以强化这种音乐美。

其次，莎士比亚的剧文不押韵是由诸多因素造成的。第一，属于印欧语系语言的英语在押韵方面存在先天的多音节不规则形式缺陷，导致押韵词汇范围相对较窄。所以对于英国诗人来说，很苦于押韵难工；莎士比亚的许多押韵体诗，例如十四行诗，在押韵方面都不很工整。其次，莎士比亚的剧文虽不押韵，却在节奏方面十分考究，这就弥补了音韵方面的不足。第三，莎士比亚的剧文几乎绝大多数是诗行，对于剧作者来说，每部长达两三千行的诗行行都要押韵，这是一个极大的挑战，很难完成。而一旦改用素体，剧作者便会轻松得多。但是，以上几点对于汉语译本则不是一个问题。汉语的词汇及语音构成方式决定了它天生就是一种有利于押韵的艺术性语言。汉语存在大量同韵字，押韵是一件很容易的事情。汉语的语音音调变化也比莎士比亚使用的英语的音调变化空间大一倍以上。汉语音调至少有四种（加上轻重变化可达六至八种），而英语的音调主要局限于轻重语调两种，所以存在于印欧语系文字诗歌中的频频押韵有时会产生的单调感，在汉语中会在很大程度上由于语调的多变而得到缓解。故汉语戏剧剧文在押韵方面有很大的潜在优势空间，实际上元明戏剧剧文频频押韵就是证明。

第三，莎士比亚的剧文虽然很多不押韵，但却具极强的节奏感。他惯用的格律多半是抑扬格五音步（iambic pentameter）诗行。如果我们在节奏方面难以传达原作的音美，或者可以通过韵律的音美来弥补节奏美的丧失，这种翻译对策谓之堤内损失堤外补，亦谓失之东隅，收之桑榆。我们的语言在某方面有缺陷，可以通过另一方面的优点来弥补。当然，笔者主张在一定程度上借鉴利用传统词曲的风味，却并不主张使用宋词、元曲式的严谨格律，而只是追求一种过分散文化和过分格律化之间的妥协状态。有韵但是不严格，要适当注意平仄，但不过多追求平仄效果及诗行的整齐与否；不必有太固定的建行形式，只是根据诗歌本身的内容和情绪赋予适当的节奏与韵式。在措辞上则保持与白话有一段距离，但是绝非佶屈聱牙的文言，而是趋近典雅、但普通读者也能读懂的语言。

最后，根据翻译标准多元互补论原理，由于莎士比亚作品在内容、形式及审美效应方面具有多样性，因此，只用一种类乎纯诗体译法来翻译所有的莎士比亚剧文，也是不完美的，因为单一的做法也许无形中堵塞了其他有益的审美趣味通道。因此，这套译本的译风虽然整体上强调诗化、诗味，但是在营造诗味的途径和程度上不是单一的。我们允许诗体译风的灵活性和创新性。多译者译法实际上也是在探索诗体译法的诸多可能性，这为我们将来进一步改进这套译本铺垫了一条较宽的道路。因此，译文从严格押韵、半押韵到不押韵的各个程度，译本都有涉猎。但是，无论是否押韵，其节奏和措辞应该总是富于诗意，这个要求则是统一的。这是我们对皇家版《莎士比亚全集》译本的语言和风格要求。不能说我们能完全达到这个目标，但我们是往这个方向努力的。正是这样的努力，使这套译本与前此译本有很大的差异，在一定的意义上来说，标志着中国莎士比亚著作翻译的一次大转折。

翻译突破：还原莎士比亚作品禁忌区域

另有一个课题是中国学者从前讨论得比较少的禁忌领域，即莎士比亚著作中的性描写现象。

　　许多西方学者认为，莎士比亚酷爱色情字眼，他的著作渗透着性描写、性暗示。只要有机会，他就总会在字里行间，用上与性相联系的双关语。西方人很早就搜罗莎士比亚著作的此类用语，编纂了莎士比亚淫秽用语词典。这类词典还不止一种。1995 年，我又看到弗朗基·鲁宾斯坦（Frankie Rubinstein）等编纂了《莎士比亚性双关语释义词典》（*A Dictionary of Shakespeare's Sexual Puns and Their Significance*），厚达 372 页。

　　赤裸裸的性描写或过多的淫秽用语在传统中国文学作品中是受到非议的，尽管有《金瓶梅》这样被判为淫秽作品的文学现象，但是中国传统的主流舆论还是抑制这类作品的。莎士比亚的作品固然不是通常意义上的淫秽作品，但是它的大量实际用语确实有很强的色情味。这个极鲜明的特点恰恰被前此的所有汉译本故意掩盖或在无意中抹杀掉。莎士比亚的所有汉译者，尤其是像朱生豪先生这样的译者，显然不愿意中国读者看到莎士比亚的文笔有非常泼辣的大量使用性相关脏话的特点。这个特点多半都被巧妙地漏译或改译。于是出现一种怪现象，莎士比亚著作中有些大段的篇章变成汉语后，尽管读起来是通顺的，读者对这些话语却往往感到莫名其妙。以《罗密欧与朱丽叶》第一幕第一场前面的 30 行台词为例，这是凯普莱特家两个仆人山普孙与葛莱古里之间的淫秽对话。但是，读者阅读过去的汉译本时，很难看到他们是在说淫秽的脏话，甚至会认为这些对话只是仆人之间的胡话，没有什么意义。

　　不过，前此的译本对这类用语和描写的态度也并不完全一样，而是依据年代距离在逐步改变。朱生豪先生的译本对这些东西删除改动得最多，梁实秋先生已经有所保留，但还是有节制。方平先生等的译本保留得更多一些，但仍然持有相当的保留态度。此外，从英语的不同版本看，有的版本注释得明白，有的版本故意模糊，有的版本注释者自己也没有弄懂这些双关语，那就更别说中国译者了。

在这一点上，我们目前使用的皇家版《莎士比亚全集》是做得最好的。

那么，我们该怎样来翻译莎士比亚的这种用语呢？是迫于传统中国道德取向的习惯巧妙地回避，还是尽可能忠实地传达莎士比亚的本真用意？我们认为，前此的译本依据各自所处时代的中国人道德价值的接受状态，采用了相应的翻译对策，出现了某种程度的曲译，这是可以理解的，是特定历史条件下的产物。但是，历史在前进，中国人的道德观已经有了很大的改变，尤其是在性禁忌领域。说实话，无论我们怎样真实地还原莎士比亚著作中的性双关描写，比起当代文学作品中有时无所忌讳的淫秽描写来，莎士比亚还真是有小巫见大巫的感觉。换句话说，目前中国人在这方面的外来道德价值接受状态，已经完全可以接受莎士比亚著作中的性双关用语了。因此，我们的做法是尽可能真实还原莎士比亚性相关用语的现象。在通常的情况下，如果直译不能实现这种现象的传输，我们就采用注释。可以说，在这方面，目前这个版本是所有莎士比亚汉译本中做得最超前的。

译法示例

莎士比亚作品的文字具有多种风格，早期的、中期的和晚期的语言风格有明显区别，悲剧、喜剧、历史剧、十四行诗的语言风格也有区别。甚至同样是悲剧或喜剧，莎士比亚的语言风格往往也会很不相同。比如同样是属于悲剧，《罗密欧与朱丽叶》剧文中就常常有押韵的段落，而大悲剧《李尔王》却很少押韵；同样是喜剧，《威尼斯商人》是格律素体诗，而《快乐的温莎巧妇》却大多是散文体。

　　与此现象相应，我们的翻译当然也就有多种风格。虽然不完全一一对应，但我们有意避免将莎士比亚著作翻译成千篇一律的一种文体。从这个意义上说，皇家版《莎士比亚全集》汉译本在某些方面采用了全新的译法。这种全新译法不是孤立的一种译法，而是力求展示多种翻译风格、多种审美尝试。多样化为我们将来精益求精提供了相对更多的选择。如果现在固定为一种单一的风格，那么将来要想有新的突破，就困难了。概括说来，我们的多种翻译风格主要包括：1）有韵体诗词曲风味译法；2）有韵体现代文白融合译法；3）无韵体白话诗译法。下面依次选出若干相应风格的译例，供读者和有关方面品鉴。

一、有韵体诗词曲风味译法
　　有韵体诗词曲风味译法注意使用一些传统诗词曲中诗味比较浓郁的词汇，同时注意遣词不偏僻，节奏比较明快，音韵也比较和谐。但是，它们并不是严格意义上的传统诗词曲，只是带点诗词曲的风味而已。例如：

女巫甲　何时我等再相逢？

　　　　　闪电雷鸣急雨中？

女巫乙　待到硝烟烽火静，

　　　　　沙场成败见雌雄。

女巫丙　残阳犹挂在西空。　　　　　　　　　　（《麦克白》第一幕第一场）

小丑甲　当时年少爱风流，

　　　　　有滋有味有甜头；

　　　　　行乐哪管韶华逝，

　　　　　天下柔情最销愁。　　　　　　　（《哈姆莱特》第五幕第一场）

朱丽叶　天未曙，罗郎，何苦别意匆忙？
　　　　鸟音啼，声声亮，惊骇罗郎心房。
　　　　休听作破晓云雀歌，只是夜莺唱，
　　　　石榴树间，夜夜有它设歌场。
　　　　信我，罗郎，端的只是夜莺轻唱。

罗密欧　不，是云雀报晓，不是莺歌，
　　　　看东方，无情朝阳，暗洒霞光，
　　　　流云万朵，镶嵌银带飘如浪。
　　　　星斗如烛，恰似残灯剩微芒，
　　　　欢乐白昼，悄然驻步雾嶂群岗。
　　　　奈何，我去也则生，留也必亡。

朱丽叶　听我言，天际微芒非破晓霞光，
　　　　只是金乌，吐射流星当空亮，
　　　　似明炬，今夜为郎，朗照边邦，
　　　　何愁它曼托瓦路，漫远悠长。
　　　　且稍待，正无须行色皇皇仓仓。

罗密欧　纵身陷人手，蒙斧钺加诛于刑场；
　　　　只要这勾留遂你愿，我欣然承当。
　　　　让我说，那天际灰朦，非黎明醒眼，
　　　　乃月神眉宇，幽幽映现，淡淡辉光；
　　　　那歌鸣亦非云雀之讴，哪怕它
　　　　嚣然振动于头上空冥，嘹亮高亢。
　　　　我巴不得栖身此地，永不他往。
　　　　来吧，死亡！倘朱丽叶愿遂此望。
　　　　如何，心肝？畅谈吧，趁夜色迷茫。

　　　　　　　　　　　　（《罗密欧与朱丽叶》第三幕第五场）

二、有韵体现代文白融合译法

有韵体现代文白融合译法的特点是：基本押韵，措辞上白话与文言尽量能够水乳交融；充分利用诗歌的现代节奏感，俾便能够念起来朗朗上口。例如：

哈姆莱特 死，还是生？这才是问题根本：

莫道是苦海无涯，但操戈奋进，

终赢得一片清平；或默对逆运，

忍受它箭石交攻，敢问，

两番选择，何为上乘？

死灭，睡也，倘借得长眠

可治心伤，愈千万肉身苦痛痕，

则岂非美境，人所追寻？死，睡也，

睡中或有梦魇生，唉，症结在此；

倘能撒手这碌碌凡尘，长入死梦，

又谁知梦境何形？念及此忧，

不由人踌躇难定：这满腹疑情

竟使人苟延年命，忍对苦难平生。

假如借短刀一柄，即可解脱身心，

谁甘愿受人世的鞭挞与讥评，

强权者的威压，傲慢者的骄横，

失恋的痛楚，法律的耽延，

官吏的暴虐，甚或默受小人

对贤德者肆意拳脚加身？

谁又愿肩负这如许重担，

流汗、呻吟，疲于奔命，

倘非对死后的处境心存疑云，

惧那未经发现的国土从古至今
无孤旅归来，意志的迷惘
使我辈宁愿忍受现世的忧闷，
而不敢飞身投向未知的苦境？
前瞻后顾使我们全成懦夫，
于是，本色天然的决断决行，
罩上了一层思想的惨淡余阴，
只可惜诸多待举的宏图大业，
竟因此如逝水忽然转向而行，
失掉行动的名分。　　　　（《哈姆莱特》第三幕第一场）

麦克白　若做了便是了，则快了便是好。
若暗下毒手却能横超果报，
割人首级却赢得绝世功高，
则一击得手便大功告成，
千了百了，那么此际此宵，
身处时间之海的沙滩、岸畔，
何管它来世风险逍遥。但这种事，
现世永远有裁判的公道：
教人杀戮之策者，必受杀戮之报；
给别人下毒者，自有公平正义之手
让下毒者自食盘中毒肴。　　（《麦克白》第一幕第七场）

损神，耗精，愧煞了浪子风流，
都只为纵欲眠花卧柳，
阴谋，好杀，赌假咒，坏事做到头；

心毒手狠，野蛮粗暴，背信弃义不知羞。

才尝得云雨乐，转眼意趣休。

舍命追求，一到手，没来由

便厌腻个透。呀恰，恰像是钓钩，

但吞香饵，管教你六神无主不自由。

求时疯狂，得时也疯狂，

曾有，现有，还想有，要玩总玩不够。

适才是甜头，转瞬成苦头。

求欢同枕前，梦破云雨后。

唉，普天下谁不知这般儿歹症候，

却避不得便往这通阴曹的天堂路儿上走！

（十四行诗第一百二十九首）

三、无韵体白话诗译法

无韵体白话诗译法的特点是：虽然不押韵，但是译文有很明显的和谐节奏，措辞畅达，有诗味，明显不是普通的口语。例如：

贡妮芮　父亲，我爱您非语言所能表达；

胜过自己的眼睛、天地、自由；

超乎世上的财富或珍宝；犹如

德貌双全、康强、荣誉的生命。

子女献爱，父亲见爱，至多如此；

这种爱使言语贫乏，谈吐空虚：

超过这一切的比拟——我爱您。（《李尔王》第一幕第一场）

李尔　国王要跟康沃尔说话，慈爱的父亲

要跟他女儿说话，命令、等候他们服侍。

这话通禀他们了吗？我的气血都飙起来了！
火爆？火爆公爵？去告诉那烈性公爵——
不，还是别急：也许他是真不舒服。
人病了，常会疏忽健康时应尽的
责任。身子受折磨，
逼着头脑跟它受苦，
人就不由自主了。我要忍耐，
不再顺着我过度的轻率任性，
把难受病人偶然的发作，错认是
健康人的行为。我的王权废掉算了！
为什么要他坐在这里？这种行为
使我相信公爵夫妇不来见我
是伎俩。把我的仆人放出来。
去跟公爵夫妇讲，我要跟他们说话，
现在就要。叫他们出来听我说，
不然我要在他们房门前打起鼓来，
不让他们好睡。　　　　　　（《李尔王》第二幕第二场）

奥瑟罗　诸位德高望重的大人，
我崇敬无比的主子，
我带走了这位元老的女儿，
这是真的；真的，我和她结了婚，说到底，
这就是我最大的罪状，再也没有什么罪名
可以加到我头上了。我虽然
说话粗鲁，不会花言巧语，
但是七年来我用尽了双臂之力，

直到九个月前，我一直
都在战场上拼死拼活，
所以对于这个世界，我只知道
冲锋向前，不敢退缩落后，
也不会用漂亮的字眼来掩饰
不漂亮的行为。不过，如果诸位愿意耐心听听，
我也可以把我没有化装掩盖的全部过程，
一五一十地摆到诸位面前，接受批判：
我绝没有用过什么迷魂汤药、魔法妖术，
还有什么歪门邪道——反正我得到他的女儿，
全用不着这一套。　　　　（《奥瑟罗》第一幕第三场）

目　录

《亨利六世》三联剧导言

　　《亨利五世》（*Henry V*）以致辞者宣读一段十四行诗形式的收场白而结束。这段收场白所预瞻的未来或多或少削弱了阿让库尔（一译阿金库尔）之战胜利所带来的喜悦。亨利五世这颗"英格兰之星"终将不寿。法兰西这个"人间最美的花园"，面对他的雄才大略俯首臣服，但不久便会杂草丛生。他襁褓中的儿子将被加冕为英格兰和法兰西国王。当时众多政敌把持国政，"丢了法兰西，血染英格兰，/ 这段历史常见于戏文之中。"莎士比亚以此来提醒观众，他的历史剧系列完整无缺：至此，从《理查二世》（*Richard II*）到《亨利五世》这一连串剧目同之前所写的四联剧（《亨利六世》上、中、下三篇和《理查三世》[*Richard III*]）衔接起来。在现代制作中，这些剧有时会集在一起，冠以《玫瑰战争》（*The Wars of the Roses*）或《金雀花王朝》（*The Plantagenets*）之类的标题，共同讲述英格兰自相残杀、"分崩离析"的故事。

　　在《亨利六世》上篇中，尽管塔尔博特勋爵骁勇善战，战绩卓著，但亨利五世对法兰西奇迹般的征服还是发生了逆转；与此同时，内战也开始在英国本土酝酿起来。在中篇里，与法兰西的战争因英王亨利六世迎娶安茹的玛格丽特而告一段落，但是这位软弱的国王无力阻止约克家族派系的反叛。在下篇的开头，王位继承权被迫让与约克公爵理查，但理查登基称王的美梦在约克郡的战场上戛然而止，让玛格丽特王后给他的生命画上了一个不光彩的句号；在余下的剧情中，理查诸子一直伺机替父报仇——而在诸子当中，当属格洛斯特公爵理查，也就是日后的理查三世，最不择手段，因此也最令人畏惧。

浪漫主义诗人兼莎士比亚评论家塞缪尔·泰勒·柯尔律治（Samuel Taylor Coleridge，一译柯勒律治）对这部血腥的三联剧评价不高。他在论及上篇开头几行时说：“这段话断无可能出自莎士比亚手笔，如果您觉察不出来的话，那我就只能冒昧地说，您也许长了两只耳朵——因为别的动物都有两只耳朵——但您绝不可能有任何欣赏能力。”对他自己那敏锐的诗歌鉴赏能力而言，这段诗的韵律节奏粗糙拙劣，甚至远在莎士比亚最早期的作品之下。柯尔律治讲授莎士比亚课程是在埃德蒙·马隆（Edmond Malone）发表那篇博学的《论亨利六世三联剧——试证此三剧并非莎士比亚之原创》（*Dissertation on the Three Parts of King Henry VI, tending to show that these plays were not written originally by Shakespeare*）仅仅数年之后。自从莎士比亚在18世纪一路攀升至至尊文化偶像高位后，人们便一直倾向于认为任何不完美的作品——比方说《泰特斯·安德洛尼克斯》（*Titus Andronicus*）或《佩力克里斯》（*Pericles*）——肯定是某位水平稍逊的剧作家所著，要么，顶多莎士比亚只是对一部支离破碎的旧剧做了些修补而已，他是无须负原创者之责的。就《亨利六世》三联剧而言，中、下两篇存在早期版本——剧名分别为《约克和兰开斯特两大名门之争上篇与好公爵汉弗莱之死》（*The First Part of the Contention of the two Famous Houses of York and Lancaster with the Death of the Good Duke Humphrey*，出版于1594年）和《约克公爵理查的真实悲剧与好国王亨利六世之死及约克和兰开斯特两大家族之争本末》（*The True Tragedy of Richard Duke of York and the Death of Good King Henry the Sixth, with the Whole Contention between the two houses Lancaster and York*，出版于 1595 年），这似乎支持后一种说法。马隆及其后继者主张这些剧为原作，出自另一剧作家（很可能是所谓的"大学才子派"[university wits] 中的一位，罗伯特·格林 [Robert Greene] 或乔治·皮尔 [George Peele]）之手，而莎士比亚只是做了校订工作。至于《亨利六世》上篇，马隆基本否定了其出自莎士比亚之手的可能性。尽管他有对文本的学术研究作为依据，但其论点还是出于对这些剧中韵文风格吹毛求疵的反感，即，使得"意思在每一行末均无一例外地完结或停顿"的"庄严进行曲"风格。

近些年来，有学者指出《之争上篇》和《约克公爵理查》事实上是莎士比亚作品的原文，尽管誊写得很糟糕。剧名中的"上篇"和"之争本末"强烈暗示，我们现在称为《亨利六世》中篇和下篇的两剧原本就是一部作品的两部分。这两部剧很有可能制作于 16 世纪 90 年代早期，适值克里斯托弗·马洛（Christopher Marlowe）的巨制《帖木儿大帝》（*Tamburlaine the Great*）已经确立了一股二联剧风潮，其中充斥着战争、队列行进和高调诗行。

那么，我们现在称作《亨利六世》上篇的作品则略显不同。鉴于它似乎是于 1592 年首次公演——并且好评如潮，它很可能写于两部玫瑰战争剧（即现在所称的中篇和下篇）之后。或许，用现代电影业行话来说，它叫作"前传"，旨在借助一部票房大片的成功继续吸金。该剧不仅前后缺乏一致性，而且不同场景在资料来源上也不尽相同，这说明它有可能是不同作家合作的产物。曾与马洛合作过的托马斯·纳什（Thomas Nashe）被认为是主要贡献者，但可能有三位乃至四位作家参与了创作。莎士比亚可能不是塔尔博特／贞德那场戏的主要创作者，这一点能够解释被视为三联剧的这个系列剧中的某些前后矛盾之处。其中，中篇里的格洛斯特公爵汉弗莱是一个颇有政治家风范的形象，一个不输亡兄亨利五世的护国公，而在上篇中他的形象却比较粗陋；而且情节上也有不一致之处，交还安茹、曼恩两地是英王亨利六世迎娶安茹的玛格丽特的前提条件，这一条件在中篇里饱受诟病，而在上篇议婚过程中却并未遭到任何异议。

长久以来，确定文学作品著作者有一个传统做法，即文体检验——诗行阴性行尾[1]偏好、缩合词（them 与 'em）、语法功能词使用频率等。大规模文本数据库和处理这些数据的计算机程序得到应用之后，意味着此类检验日益精密可靠。若几个不同的检验得出相同结果，便可初步认为证据达到了概率的科学标准。21 世纪此类文体计量学[2]研究表明，可以确信中篇几乎全系莎士比亚手笔，而关于下篇仍有一些疑问，至于上篇，莎士比亚很有可能只写了其中几场戏。对于这些研究结果，也许唯一令人生疑的是，它们来得似乎太轻省了，竟和关于此三剧各自相对戏剧性的共识如此一致：中篇富有壮观绚丽的莎士比亚式活力和变化，且几乎每次上演都非常叫好；下篇有一些极有力的舌战戏份，但多有拖沓之处；上篇一般评价最差，但有两处例外：一是第二幕摘玫瑰那场戏，二是第四幕塔尔博特父子在战场上那段令人动容的对话，计算机检验认定这两场戏出自莎士比亚笔下。

剧中那些非莎士比亚风格的语言痕迹究竟是莎氏所校订的老剧本的残遗，还是不同剧作家积极合作的标志，这一点目前无法确定。我们也无从知晓此三剧在莎士比亚有生之年是否以三联剧的形式上演过。它们只是在他身后出版的 1623 年第一对开本中才被标为三联剧的，该对开本收集了莎士比亚的全部历史剧，并按照题材年代而非创作时间排定顺序。由于大反派格洛斯特的理查在中篇和下篇中出现，人们很容易把整组剧

---

1 阴性行尾：诗行末尾采用弱音节，即最后一个重音在倒数第二个音节上。

2 文体计量学（stylometrics）：用统计分析法分析一篇文章来确定其作者的一种学问。

目看作以《理查三世的悲剧》（*The Tragedy of Richard the Third*）为大结局的四联剧。也许最好的做法是，一方面尝试单独看待这些剧——毕竟当初创作时就是要分开上演的，另一方面把它们当作莎士比亚所展现的英国历史全景图的一部分。

《理查三世》，这部约略于 1592 年到 1594 年之间首次搬上舞台的莎剧的确似乎标志着莎士比亚戏剧艺术的一个巨大飞跃。虽然"驼背理查"这个角色成就了众多伟大演员——从 18 世纪的大卫·加里克（David Garrick）到 19 世纪的埃德蒙·基恩（Edmund Kean），再到 20 世纪的安东尼·谢尔（Antony Sher），但《亨利六世》系列剧在英国（或任何其他地方的）舞台上并不怎么受欢迎。中篇和下篇在英国王政复辟时期和摄政时期之间上演过几次，但改编、删减甚多，直到近三百年之后这个系列剧才全面重新上演，而且即使在之前并不叫座的莎剧《爱的徒劳》（*Love's Labour's Lost*）、《泰特斯·安德洛尼克斯》等得以风行的 20 世纪，也都只有大约六次大型演出：20 世纪初 F. R. 本森（F. R. Benson）的演绎，二战后不久巴里·杰克逊爵士（Sir Barry Jackson）的演出，约翰·巴顿（John Barton）和彼得·霍尔（Peter Hall）（改写并压缩成两部戏，取名《玫瑰战争》）20 世纪 60 年代初在埃文河畔斯特拉特福的演出，在之后数十年特里·汉兹（Terry Hands）和阿德里安·诺布尔（Adrian Noble）在斯特拉特福的演出（后者将四联剧缩减为三联剧，取名《金雀花王朝》），外加迈克尔·波格丹诺夫（Michael Bogdanov）20 世纪 80 年代带着强烈的反撒切尔政治目的为英国莎士比亚剧团所做的巡演，在这次巡演中他大胆尝试着现代服装演出所有历史剧。

然而在 21 世纪初，命运发生了逆转：迈克尔·博伊德（Michael Boyd）导演了一个备受称赞的完整版，题为《这个英格兰》（*This*

England），在埃文河畔斯特拉特福天鹅剧院温馨私密的空间上演，后来他担任皇家莎士比亚剧团艺术总监之后，又将这一制作搬上了更大的舞台。与此同时，爱德华·霍尔（Edward Hall）追随父亲彼得·霍尔，缩三为二，将其改编为一个动感十足的版本，背景设置在屠宰场，取名《玫瑰之怒》（*Rose Rage*）。在新的千年，宗教战争死灰复燃，国家以及国家认同的内涵莫测无常，在这样一个时期，莎士比亚对分崩离析的都铎政体根基所进行的探究显得格外有先见之明。

　　《亨利六世》三联剧展现了莎士比亚戏剧创作技能的迅速成长。诗歌风格和舞台动作是从大学才子们那儿学来的，素材则取自散文体的英格兰编年史。爱德华·霍尔的《兰开斯特和约克两大名门望族的联合》（*Union of the Two Noble and Illustrious Families of Lancaster and York*，1548 年）被压缩篇幅，以反映历史发展模式。情节上更注重个体在国家命运这部大戏中所扮演的角色，而非单个角色本身。莎士比亚非常乐于篡改某个角色的年龄甚或本性，使其服从于他整体创作构思的需要。妖魔化格洛斯特的理查便是最突出的一例。我们将成熟时期的莎士比亚与沉思——哈利王（King Harry）或哈姆莱特王子（Prince Hamlet）苦恼的独语——联系起来，而这些早期莎剧的驱动力便是情节。上篇在基本构架之上运用了一系列变化：戏剧情节先于解释说明，然后一场戏会以警句式的重演结束；每一场戏的呈现方式都可以使不同角色的观点得以强调，或既有角色的新侧面得以展现。比方说，塔尔博特在奥弗涅伯爵夫人的城堡中的那场戏，凸显了一个之前被视为英勇楷模的男人谦恭有礼、谨慎稳健的一面。这也与之后萨福克和玛格丽特两者的敌对形成了鲜明对比：塔尔博特身上散发着亨利五世和英格兰征服法兰西时期的遗风，而萨福克则预示着国家分崩离析和玫瑰战争的到来。

　　莎士比亚在中篇里运用了一种后来在《李尔王》（*King Lear*）、《雅典的泰门》(*Timon of Athens*) 等悲剧作品中得到沿用的结构模式:剧中男主角格洛斯特公爵汉弗莱,随着恶毒的敌人的司法构陷渐渐得势而日益陷入孤立无援的境地。但由于剧中主题是国家,而非个体英雄,汉弗莱在第三幕便遇害身亡,而剩余部分的主题则转为起义(第四幕杰克·凯德领导的无产阶级起义)和篡位图谋(约克公爵向伦敦发起的更具危险性的进军)。下篇在一片混乱中开场,前两幕均以战争结束(第一幕为韦克菲尔德之战,第二幕为陶顿之战),接着剧情在不安的平衡中展开,两位国王并立,他们各自对王权的声索在一系列令人眼花缭乱的冲突、和谈和倒戈变节之后才得以解决。

与平衡的场景结构并行的是形式修辞风格。该三联剧所呈现的世界的形式性也明显体现在戏剧舞台造型上。最能反映玫瑰战争内乱性质的莫过于下篇第二幕第五场中那一成对上场的场景:一个弑父的儿子自一侧台门登场,须臾一个杀子的父亲自另一侧台门亮相。二人登台猛然打断了英王亨利的沉思——他只想过平静的生活,宁愿做牧羊人也不愿做国王。这位孱弱而又虔诚的国王的愿望在第三幕第一场他再次出场时的舞台提示中得到了直观呈现:"(亨利)国王乔装手持一祈祷书上。"他只有通过隐遁和乔装打扮才能实现成为神职人员的愿望。而即便如此,他的安宁生活也是转瞬即逝,因为两个猎场看守员无意中听到了他的独白,将他逮捕后交由篡位的英王爱德华关押。相比之下,当格洛斯特的理查在下一出剧中成为英王理查时,祈祷书本身则成了一种乔装形式。

无论该三联剧到底出自何人笔下,使其所以成为三联剧的统一主题是两种世界格局的互相斗争。对立双方不能和谐共处,于是混战上演。在上篇中,这种对立具体表现为法兰西对英格兰,贞德对塔尔博特,奇幻思维对理性思维,女性对男性,以及未点明的天主徒对新教徒。历史上的塔尔博特是天主徒,但对 16 世纪 90 年代早期的观众来说,他直言不讳的英国风范及其在欧洲大陆的英雄事迹不免让人想起一些勇武的战士，如16世纪80年代在西属荷兰的宗教战争中跟随莱斯特伯爵罗伯特·达德利（Robert Dudley）作战的菲利普·锡德尼爵士（Sir Philip Sidney）。另一方面，贞德是反天主教宣传中一个非常熟悉的形象：一个背负婊子恶名的处女（pucelle 意为"处女"，而 puzzel 则暗指"妓女"），一个被歪曲为恶魔召唤者的圣徒烈士，一个被暗示神奇受孕而同天主教圣母马利亚崇拜联系起来的人物。

中篇的辩证之处在于安排正直忠诚的老格洛斯特公爵汉弗莱和虔诚向神的年轻国王亨利六世对阵诡计多端的金雀花派系。约克公爵理查的脑筋"比结网的蜘蛛还忙碌"，"织着精致的罗网以诱捕"他的敌人；他的儿子理查，日后的格洛斯特公爵和最终的英王理查三世，则会将这种语言及其父亲的老谋深算进一步发展到令人恐怖的地步。剧中许多角色在约克和兰开斯特两大家族之间朝秦暮楚，于是观众的恻隐之心也随着快速发展的情节而反复不定：中篇里权欲熏心的约克公爵在下篇里成了一个令人同情的形象，因为他在被刺死之前的最后时刻还被迫戴上了一顶纸糊的王冠。

莎士比亚并未透露自己支持哪一方，但他清楚历史发展的方向。就这一点而言，一个关键性事件便是中篇里辛普考克斯伪造神迹一事：亨利王上当受骗，那是其轻信的表现，而格洛斯特公爵汉弗莱则以驱魔人那种怀疑的口吻发出质问——与驱魔人相对应的同时代形象应当是追捕秘密天主徒的人。事实上，这场戏并非源自爱德华·霍尔的亲都铎王朝编年史，而是约翰·福克斯（John Foxe）的反天主教殉道者传。其他一些"中世纪"元素，即隐含的天主教元素，也遭到破坏：格洛斯特公爵夫人对巫术的执迷、铠甲匠霍纳同其学徒彼得之间的决斗裁判法均事与愿违。

新教反对圣徒和枢机等级制度，以人民的语言信奉《圣经》，它与宗教信仰民主化有关。中篇是三联剧当中稍涉大众心声的一篇（因此散体所占比例甚高，这在上篇和下篇中是完全见不到的），但不可因此认为中篇公开支持现代的民主观念。杰克·凯德在舞台上是一个非常讨人喜欢的角色，因为他和观众席上的普通老百姓说的是同一种语言；他的插科打诨给观众提供了暂别贵族阶级冠冕堂皇的花言巧语和卑鄙无耻的阴谋诡计而稍得喘息的良机，例如"我们要做的第一件事儿，就是把律师统统杀光"这样的台词在每个时代都能引起观众拍手大笑。但莎士比亚是靠他父亲所不具备的识字水平谋生的，因此很难说他会认可一个下令以会读书识字为罪名而绞死村中堂区教士的角色。而且凯德对未来英格兰的构想也是完全自相矛盾：

> **凯德** 所以，胆子要放大些，你们带头儿的胆子就很大，发誓要进行
> 　　　　改革。往后在英格兰卖三个半便士的面包只卖一个便士，三道箍
> 　　　　的酒壶一律改成十道箍的，我要把喝淡啤酒的人宣判为大逆不
> 　　　　道。所有的国土都为公众共有共用，我的坐骑要牵到齐普塞街
> 　　　　去放青；等我称了王，我肯定能称王——
>
> **众**　　上帝保佑陛下！

　　这是一个具有两面性的"改革"：廉价面包、不掺水啤酒和土地公有听起来像是乌托邦，但凯德并非真的想要建立代议制政府。他想自己称王。莎士比亚在二十年后所著的《暴风雨》（The Tempest）中对侍臣贡柴罗（Gonzalo）的"共和国"理想故技重演："没有至高无上的君权——/但他想在这个岛上称王。"如果莎士比亚有一个伊甸园，那不会是一个尚未产生阶级差别、旧谣"亚当耕田夏娃织布时/哪有什么淑女和绅士？"所描绘的所在，而是一个英国绅士的田庄，一处遭凯德擅自闯入的清静幽居：肯特郡亚历山大·艾登的花园。

　　《亨利六世》三联剧有一个根本特质。戏剧的基础在于"对驳"
（agon，希腊语词汇，意为"斗争"或"竞争"）。亚里士多德认为，自
从有一个演员从歌队中分离出来开始与歌队其他成员对话，悲剧便诞
生了。之后又分离出一个演员，于是对抗的机会进一步增加——第一
个演员名曰"第一演员"（protagonist），第二个演员名曰"第二演员"
（deuteragonist）。在历史悲剧的戏剧表现中，对话始终是一种"对驳"形
式，会迅速升级为剧烈的情感（agony，"巨大的精神痛苦"），然后又升
级为肢体暴力。莎士比亚以其高度自觉的戏剧艺术，始终能敏锐地洞察
到戏剧表现中共存的数种"对驳"：在演员与其所饰角色之间（竭力演好
一个角色），在演员与观众之间（竭力吸引注意力，让一群旁观者唏嘘惊
诧），在每一个角色的内心（彼此冲突的欲望和责任的斗争），也在身处
对话和舞台布置之中的不同角色之间。

　　战争顺理成章地成为对抗性世界的顶点：《亨利六世》三联剧以战争
开篇，也以战争结尾。冲突逐渐加剧升级，尤其是下篇刻画了社会全面
崩塌。该剧具有希腊悲剧摧肝裂胆、残酷无情的特点，人们的生死取决
于一套复仇准则，父亲犯下的罪孽要由下一代来偿还，且语言在充满愤
怒、痛苦、咒骂和连珠炮式短句交锋的原歌剧式华丽咏叹调之间不停转
换，兰开斯特家族和约克家族——不论男女老少，为一己私利还是追求
正义，赢家还是输家——之间无情的冲突于是被剥露得一览无余。在这
个世界中，言语就是武器，不过间或也传递希望，正如英王亨利六世把
双手搭在年幼的亨利·里士满的头上说：

　　　　过来，英格兰的希望。若冥冥中的力量
　　　　在我卜卦时的预示中不存在半点欺诳，
　　　　这位翩翩少年必将为我们国家带来吉祥。

他仪表堂堂，充满了慈祥威严之象，

他的脑袋天生就是佩戴王冠的形状，

他生就一只执掌王杖的手，看这样，

总有一日他可能为王上的宝座增光。

好好培养他，众卿，我害苦了大家，

将来能给大家带来福气的必定是他。

此膏立之举期待着都铎王朝的建立，伊丽莎白女王（Queen Elizabeth）的祖父里士满成为亨利七世（Henry VII）。但正如这些剧里剧情貌似陷入停滞时似乎必定会出事那样，这时一个信差急急忙忙冲上场，报告敌方拥立的国王爱德华逃脱了。暴力随后踵至。在里士满取得博斯沃斯原野之战的最后胜利之前，英格兰必须忍受"驼背理查"黑暗血腥的统治，莎士比亚在下一部悲剧中将着重讲述这段历史。

参考资料:《亨利六世》上篇

作者：鉴于该剧收录在第一对开本中，无疑其中至少有一部分出自莎士比亚之手，但在《亨利六世》三联剧中，本剧最有可能是由不同作家合作完成。诸多文体计量学检验对本剧出自莎士比亚一人之手的可能性提出了严重质疑。现代学术界倾向于认为托马斯·纳什（他在1592年的一本小册子中称赞了塔尔博特的那几场戏）最有可能是合作者，但可能还有一两位合作者。罗伯特·格林、克里斯托弗·马洛、乔治·皮尔以及写了历史剧《洛克林》（*Locrine*）的那位剧作家都在可能之列。最有可能出自莎士比亚之手的几场戏为第二幕第四场（圣殿花园中摘玫瑰那场）和从第四幕第二场到第四幕第七场第三十二行之间的部分（塔尔博特戏份最重的那几场战争戏）。

剧情： 在父王亨利五世驾崩之后，年幼的亨利六世即位称王，叔父格洛斯特公爵和叔祖埃克塞特公爵摄政。格洛斯特公爵和其宿敌温切斯特主教之间以及他们各自的支持者之间冲突不断。理查·金雀花，以其家族有摩提默血统而确立王位继承权后，公开表明与萨默塞特公爵为敌。两人各选取一种颜色的玫瑰作为自己派系的族徽：白玫瑰象征约克家族，红玫瑰象征兰开斯特家族。法国王太子查理，因与诡秘的少女贞德结盟而力量得到增强，在法兰西的战场上所向披靡。亨利的叔父贝德福德公爵死于阵前。英将塔尔博特——一位传奇般的勇士，曾令法兰西人闻风丧胆——也为国捐躯。他的阵亡是约克公爵和萨默塞特公爵之间持续敌对的直接后果，两人均未增援英军。然而风水轮流转，贞德被俘并遭火刑处死。英格兰和法兰西之间终于达成了脆弱的和平。鉴于此，格洛斯特公爵老谋深算地为亨利策划了一场迎娶阿马尼亚克伯爵之女的政治联姻。与此同时，在法国，萨福克让安茹公爵之女玛格丽特迷得神魂颠倒。萨福克劝说玛格丽特做亨利的王后，为获其父准婚还奉还了刚刚征服的法国领土安茹、曼恩两地。萨福克回到英国，顶着满朝反对说服亨利迎娶玛格丽特并封其为英格兰王后。

主要角色： （列有台词行数百分比/台词段数/上场次数）塔尔博特（15%/59/12），贞德（9%/46/10），理查·金雀花，后晋约克公爵（7%/56/7），格洛斯特公爵（7%/48/7），英王亨利六世（7%/29/5），萨福克伯爵（6%/41/3），法王查理（5%/41/8），温切斯特（4%/27/6），埃德蒙·摩提默（3%/9/1），威廉·卢西爵士（3%/14/3），贝德福德公爵（3%/19/4），沃里克伯爵（3%/24/4），萨默塞特公爵（2%/27/4），埃克塞特公爵（2%/11/5），雷尼耶（2%/24/6），阿朗松公爵（2%18/7），约翰·塔尔博特（2%/11/2），奥弗涅伯爵夫人（2%/13/1），勃艮第公爵（2%/17/6）。

语体风格： 诗体约占 100%。

创作年代： 1592 年。一般认为是 1592 年 3 月在玫瑰剧场上演的《亨利六世》（剧场老板菲利普·亨斯洛 [Philip Henslowe] 将其标为 "ne"，意为 "新"？）。纳什在其小册子《穷光蛋皮尔斯》（*Pierce Penniless*，1592 年 8 月登记出版）中称塔尔博特的戏份让 "万千观众洒下热泪"。

取材来源： 该剧似乎取材于多部编年史料，可能是不同作者使用了不同资料的缘故。比方说，爱德华·霍尔的《兰开斯特和约克两大名门望族的联合》（*The Union of the Two Noble and Illustre Fameiles of Lancastre and Yorke*，1548 年）是剧中英格兰国内斗争的主要史料来源，而对贞德的描述则取材于霍林谢德（Holinshed）的《编年史》（*Chronicles*，1587 年版）。令人吃惊的是，最有可能出自莎士比亚之手的两场戏——圣殿花园那场和塔尔博特父子那场——似乎完全是戏剧虚构，没有任何史料依据。

文本： 1623 年第一对开本是该剧的唯一文本。围绕文本究竟是排印自（多位？）作家手稿还是誊抄本，其受剧院提词员影响几何，众说纷纭。一些文本上的不一致之处（如温切斯特到底是主教还是枢机主教）也许是由于不同作者所作的推断不同。第一对开本编辑们所作的幕场划分也许更侧重文学性，而非戏剧性。

三联剧？： 现代学界倾向于认为，第一对开本中称为《亨利六世》中篇和下篇的剧作原本是一个"玫瑰战争"二联剧（《之争上篇》和《约克公爵理查的真实悲剧》），上篇则是一部（共同创作的）"前传"，写于中篇和下篇之后，借助前两部剧的成功继续吸金。这种观点认为，只是在 1623 年第一对开本对这三部剧重新命名并按照历史顺序排列之后，才成为"三联剧"。然而，一些学者坚持上、中、下三篇为一组依次写成的三联剧这一少数派观点。

乔纳森·贝特（Jonathan Bate）

亨利六世 （上）

英方

亨利六世国王，或由男童饰演

贝德福德公爵，法兰西摄政王

格洛斯特公爵，护国公，先王亨利五世之弟，亨利六世之叔父

埃克塞特公爵，先王亨利五世之叔父，亨利六世之叔祖

温切斯特主教，后升枢机主教，埃克塞特之弟，姓博福特

萨默塞特公爵，埃克塞特之侄

理查·金雀花，后晋**约克公爵**兼法兰西摄政王

沃里克伯爵

索尔兹伯里伯爵

萨福克伯爵，威廉·德拉波尔

塔尔博特勋爵，后晋什鲁斯伯里伯爵

约翰·塔尔博特，塔尔博特勋爵之子

埃德蒙·**摩提默**，马奇伯爵

托马斯·**加格雷夫**爵士

威廉·**格拉斯代尔**爵士

约翰·**福斯塔夫**爵士（即史上的法斯托尔夫，《亨利四世》和
　《温莎的风流娘儿们》中有同名人物，但非同一人）

威廉·**卢西**爵士

伍德维尔，伦敦塔卫队长

伦敦**市长**

伦敦市长属下**巡吏**

凡农　　　　　　　　　　　奥尔良私生子

巴西特　　　　　　　　　　勃艮第公爵

一律师　　　　　　　　　　法军统帅

一教廷特使　　　　　　　　少女贞德

众狱卒　　　　　　　　　　牧羊人，贞德之父

英军队长　　　　　　　　　奥尔良炮兵队长

家丁甲　　　　　　　　　　炮兵队长之子

信差甲　　　　　　　　　　奥弗涅伯爵夫人

信差乙　　　　　　　　　　奥弗涅伯爵夫人之门房

信差丙　　　　　　　　　　法军小队长

狱吏甲　　　　　　　　　　哨兵甲

狱吏乙　　　　　　　　　　城门守卒

法方　　　　　　　　　　　兵士甲

王储查理，后为法国国王　　法军探子

雷尼耶，安茹公爵，那不勒斯　众兵士，众侍从，众使节，巴黎
　国王　　　　　　　　　　总督，法军传令官，众家丁，众

玛格丽特，雷尼耶之女　　信差，众哨兵，众队长，众魔

阿朗松公爵　　　　　　　鬼，众号兵

第一幕

第一场 / 第一景

伦敦威斯敏斯特教堂

奏送葬曲。英王亨利五世殡仪队上，送葬的有法兰西摄政王贝德福德公爵、护国公格洛斯特公爵、埃克塞特公爵、沃里克伯爵、温切斯特主教与萨默塞特公爵以及司仪官若干

贝德福德　　让天棚挂起黑幕[1]，白昼为黑夜让路！

垂示世事变迁的彗星哟，

在天上挥一挥你们晶莹的秀发[2]，

鞭笞那些大逆不道的凶星恶宿吧，

它们沆瀣一气，置先王亨利于死地；

亨利五世国王，名声太响命不长[3]；

英格兰从未失去过这么伟大的君王。

格洛斯特　　英格兰在他之前从未有过真正的国王：

他德高望重，足以统帅万马千军；

他宝剑一挥，寒光闪闪，令人眼花缭乱；

他双臂一展，比龙翼还宽；

他双目炯炯，充满了怒火，

比正午照在脸上的火辣辣阳光

1　有学者认为，伊丽莎白女王时期上演悲剧时舞台上方的天棚有悬挂黑幕的惯例。

2　晶莹的秀发：即彗尾。

3　亨利五世在位 9 年，驾崩时年仅 35 岁。

还要令敌人头晕目眩，退避不遑。

我何言以道呢？他的伟绩无以言表；

他征服异邦从来都是举手之劳。

埃克塞特　我们乌衣举哀，何不浴血缅怀？

亨利已逝，不能复生：

我们侍候在这木头[1]棺柩旁，

无异于浩浩荡荡地来给

死神并不光彩的胜利捧场，

就像绑在凯旋战车上的俘虏一样。

嘿，我们是该诅咒那些挖空心思

毁掉了我们荣耀的灾星呢？

还是该记恨那些狡诈的法兰西

巫师术士呢？他们畏惧先王，

施魔咒害得先王把命丧。

温切斯特　他乃万王之王[2]所福佑的君王，

在法兰西人心中，可怕的审判日

也没有见到他的身影叫他们心惊。

他举兵作战全都是替天讨逆；

教堂里的祈倒[3]令他所向披靡。

格洛斯特　教堂？在哪里？要是没有教士们的祈祷，

他的生命之线[4]也不至于这么早凋。

你们所喜欢的无非一个孱弱的幼主，

1　木头：双关语，兼表"木然，了无生气"之意。

2　万王之王：对耶稣的称谓，尤见于对审判日的描述（《圣经·启示录》第19章第16节）。

3　祈倒（prayed）：即祈祷亨利倒台；与preyed（捕食）谐音双关。

4　生命之线：在古典神话里，命运三女神各司纺织、分配和切断人的生命之线。

像个学童似的任由你们摆布。

温切斯特　格洛斯特，我们喜欢什么都不管用，

你是护国公 [1]，太子国家听你发号施令。

你夫人骄横自大；你对她敬畏有加，

你对上帝和教士的敬畏也远不如她。

格洛斯特　休提什么宗教信仰，你喜欢的是肉体，

你一年到头从不进教堂的门，

要去也是祈祷上帝降难于你的仇敌。

贝德福德　得了，别吵了，我劝你俩都心平气静；

咱们上祭坛；司仪官，两旁侍候；　　　　送葬队伍下

不用黄金，我们要用兵器祭奠；

亨利一去，兵器再无用武之地；

后世子孙哟，等着过苦日子，

到那时，婴儿吮吸母亲的泪眼，

我们这小岛变作唯有咸泪的乳母，

只剩下妇女为逝者长哭。

亨利五世哟，我祈求您在天之灵：

福荫这片国土免遭内乱之苦，

与天上的灾星祸宿搏斗，

您的灵魂将化作一颗璀璨的星辰 [2]，

远比尤力乌斯·凯撒耀眼——

一信差上

信差甲　尊贵的诸位大人，在下向大人们请安；

我从法兰西给各位带来了凶信，

1　护国公：新国王年幼不能处理朝政时的代理朝政者；亨利五世驾崩时亨利六世尚处襁褓之中。

2　按照古罗马传说，凯撒的灵魂变成了一颗星辰。

咱们损兵折将，吃了大败仗：
吉耶讷，香槟[1]，鲁昂，兰斯，奥尔良，
巴黎，日索尔，普瓦捷，均已沦亡。

贝德福德　小子，你在先王亨利灵前瞎嚷嚷什么？
小点儿声，不然听到这些重镇陷落，
会令他冲破棺材铅衬死而复活。

格洛斯特　巴黎丢了？鲁昂被克？
就算亨利果真死而复活，
这些消息也会令他重丢魂魄。

埃克塞特　这些城池怎么丢的？施了什么样的诡计？

信差甲　没施什么诡计，不过是缺兵少饷。
将士们私下里多有怨言：
说你们这儿派系林立，
大敌当前，本当勠力一战，
诸位却在为遣谁为将争执不断。
有人舍不得大代价，能拖延则拖延；
有人主张飞速出击，只恨未生双翅；
还有人则认为，不花分文，
单凭花言巧语即可赢得和平。
醒醒吧，醒醒，英格兰的显贵！
莫让懈怠消磨你们新获得的光辉；
你们盾徽上没了鸢尾花[2]图案；
英格兰的纹章哟，也就被削去了一半。　　　下

1　香槟（Champaigne）：应为贡比涅（Compiègne）。
2　鸢尾花（flower-de-luces）：爱德华三世（Edward Ⅲ）自称法国国王后，此花便加入到了英格兰
　　王室的纹章之上。

埃克塞特	倘若说这葬礼我们无泪可落， 这恶讯必令举国泪流成河。
贝德福德	身为法兰西摄政，闻此我备受熬煎； 取我的甲胄来，我要为夺回法兰西而战。 抛却这丧服不再丢人现眼！（脱去丧服） 我要送法兰西人一些伤口， 省得他们嚎哭自己灾祸连连时眼睛不够。

又一信差上

信差乙	列位大人，过目一下这些奏报，没有半点喜信。 除了几个不足挂齿的区区小镇， 整个法兰西全都背叛了英格兰。 王储查理已在兰斯加冕称王； 奥尔良私生子¹跟他结成死党； 安茹公爵雷尼耶一心倒向了他； 阿朗松公爵投奔到了他的麾下。 下
埃克塞特	王储加冕称了王！全都投奔了他？ 啊，这样的耻辱叫我们的脸往哪儿放？
格洛斯特	除了敌人的咽喉怕是没有别的地方。 贝德福德，纵使你不肯用命，我也要血战到底。
贝德福德	格洛斯特，你为何怀疑我不会勇往直前？ 我心中已集结起千军万马， 早已将法兰西踏平在脚下。

---

1 奥尔良私生子：奥尔良公爵查理的非婚生子。——原注；原注疑有误，"奥尔良私生子"为迪努瓦（Jean de Dunois）伯爵，应系法王查理六世（Charles VI）之弟、奥尔良公爵路易一世（Louis I, Duke of Orléans）之非婚生子，英法百年战争中法军将领，曾与贞德并肩作战。——译者附注

又一信差上

信差丙　　仁慈的诸位大人，恕在下迫不得已，
　　　　　　于列位在先王亨利灵柩前垂泪之际，
　　　　　　给诸公又带来了一个战事[1]的坏消息：
　　　　　　骁勇的塔尔博特勋爵阵前大败法兰西。

温切斯特　什么？交战中塔尔博特克敌——是不是？

信差丙　　哎呀，不是；塔尔博特勋爵是被打败，
　　　　　　当时的详细情形容在下慢慢道来。
　　　　　　八月十日[2]那天，这位令人生畏的勋爵，
　　　　　　从奥尔良解围撤退下来，
　　　　　　手下将士满打满算也就六千，
　　　　　　却遭到两万三千法军
　　　　　　重重包围和四面夹攻；
　　　　　　他排兵布阵都没有时间。
　　　　　　弄不到两头矛插在弓箭手前；
　　　　　　只好从篱笆上拔下些尖桩，
　　　　　　胡乱地插在地上权充矛墙，
　　　　　　聊以把敌骑的冲锋阻挡。
　　　　　　战斗持续了三个多钟头之长，
　　　　　　英勇的塔尔博特凭手中剑枪
　　　　　　把奇迹创，超乎人类的想象。
　　　　　　他把数百敌人送进地狱，无人敢把他敌；
　　　　　　他左刺右劈，怒冲冲杀得一片昏天黑地。

1　战事：即帕泰（Patay）之战，历史上发生在下两场所描述的奥尔良之围之后。——原注；此
　役法军大获全胜，扭转了百年战争的走势。——译者附注

2　历史上为（1429 年）6 月 18 日。

法军惊声四起，以为是魔鬼操起了武器；

全军上下，全都吓得呆若木鸡。

手下将士眼见他一身锐气，

声嘶力竭地高叫"塔尔博特！塔尔博特！"

一个个也冲锋陷阵，杀到战场中心去。

这一仗本来可以大获全胜，

可惜约翰·福斯塔夫爵士¹怯阵而功败垂成。

他身为前卫，被放在后头

担任大军接应跟进任务，

一击未发，便鼠窜开了溜。

这下致使全面溃败遭屠戮；

大军陷入敌人重围无路投。

一个卑鄙的瓦隆人²，为了讨王储欢喜，

背后一矛捅进了塔尔博特的背脊，

要知道整个法兰西集结全部主力

也没有正视他一眼的勇气。

贝德福德　如此说塔尔博特阵亡了？我当举剑自尽，

只怨我在这儿坐享安逸容尊，

使这么一位英勇将领缺少援救，

而葬身于自己懦弱的敌人之手。

信差丙　哦，没有，他还活着，只是被俘，

一同被俘的有勋爵斯凯尔斯和亨格福德；

其余大部不是遭杀戮，就是一样为敌虏。

1　约翰·福斯塔夫爵士（Sir John Falstaff）：即历史上的法斯托尔夫（Fastolf）；与出现于《亨利四世》（Henry IV）上、下篇中和死于《亨利五世》中的同名人物非同一人。

2　瓦隆人（Walloon）：今比利时南部一带的居民。

贝德福德	他的赎金包在我一个人身上。
	我要把御座上的王储揪他个倒栽葱秧；
	我赎回好友的赎金便是他的王冠；
	我们一个爵爷，我要他们用四个来换。
	告辞了，各位大人；我这就去办。
	我要在法兰西燃起熊熊篝火，
	把我们伟大的圣乔治节[1]来过。
	此番出征，我将亲率一万大军，
	血染山河，令全欧洲为之骇震。
信差丙	如此甚是，奥尔良正围得急。
	英军越来越疲敝；
	索尔兹伯里伯爵亟须补充兵力，
	敌众我寡难以力敌，
	防止兵变都已不易。　　　　　　　　　下
埃克塞特	诸公，莫忘各位向亨利起的誓：
	不把他王储彻底打垮，
	也叫他俯首乖乖听话。
贝德福德	铭心刻骨，在下先走一步，
	抓紧准备发兵兴师。　　　　　　　贝德福德下
格洛斯特	我得火速赶往伦敦塔[2]，
	先对大炮火药做个检查，
	然后宣布幼主亨利登基。　　　　　　格洛斯特下
埃克塞特	我要赶赴埃尔特姆宫[3]，幼主驻跸之地，

---

1 圣乔治节（Saint George's feast）：4 月 23 日，英格兰主保圣人圣乔治的瞻礼日。
2 伦敦塔（Tower）：皇家军械库。
3 埃尔特姆宫（Eltham）：位于伦敦东南九英里处，在通往坎特伯雷的路上。

受顾命担任他的特别监护大臣，

到那里保他平安乃我应尽本分。 下

温切斯特 每个人都有位置和使命；

只剩我受冷落无事可做；

可是我决不肯久甘寂寞。

我打算挟国王出埃尔特姆宫，

自己来坐主宰把持国政。 下

第二场 ／ 第二景

巴黎以南卢瓦尔河畔奥尔良城附近法军营地

喇叭奏花腔[1]。法王储查理、阿朗松公爵与安茹公爵雷尼耶率众鼓手及兵士行进中上

查理 马尔斯他真实的运行轨迹[2]，恰似在苍宇，

在这尘世，至今一样是个不解之谜。

前几天他还闪耀在英格兰人那边；

如今我们得胜；他又对我们露出笑脸。

现在大城小镇哪一座不是我们掌握？

我们驻扎在这奥尔良附近悠闲快活，

此刻饥肠辘辘的英兵，面无血色活像鬼，

---

1 喇叭奏花腔：地位显赫的人物登场时吹奏。

2 指火星的准确运行轨迹（对于伊丽莎白时期的天文学家来说是个不解之谜）；马尔斯（Mars）是古罗马战神。

	个把月发起次个把钟头的围攻，还一触即溃。
阿朗松	他们连菜汤、肥牛肉都吃不上，
	他们只能像喂骡子那样，
	把草料拴在自己的嘴旁，
	不然就会像淹死的耗子一副可怜相。
雷尼耶	咱们解围算了，干吗干耗在此？
	我们平素忌惮的塔尔博特已被俘虏；
	只剩下索尔兹伯里那个暴躁的匹夫，
	他也只能窝着一肚子苦水干着急；
	既没人又没饷他这仗打不下去。
查理	快，吹警号！我们这就向他们冲去。
	为了危在旦夕的法兰西人民的荣誉，
	谁要是见我临阵脱逃抑或后退半步，
	一刀结果了我的性命我也把他宽恕。

众人下

此处警号声起；他们被英军击退，伤亡惨重

查理、阿朗松与雷尼耶上

查理	谁见过这样的事情？我手下都是些什么人？
	癞狗！孬种！饭桶！若不是尔等
	弃我于敌阵中不顾，打死我也不会逃命。
雷尼耶	索尔兹伯里真是个不要命的杀人狂；
	打起仗来简直就像活腻了一样。
	其余的爵爷，一个个也像饿急的狮子，
	攻打我们时恰似遇到了充饥的猎物。
阿朗松	我们的同胞傅华萨[1]记载，
	爱德华三世统治的时代，

---

1 傅华萨（Jean Froissart）：14 世纪法国作家，以编年方式记载了同时代英法之间的冲突。

　　　　　　　奥利维耶和罗兰 [1] 那样的英格兰大有人在。

　　　　　　　现在看来，此话一点儿不假，

　　　　　　　他们派来作战的个个都是参孙和歌利亚 [2]，

　　　　　　　力大无比，勇猛过人，能以一当十！

　　　　　　　这些骨瘦如柴的贱坏子，谁会料到

　　　　　　　居然有如此的胆量和勇气？

查理　　　我们还是弃城吧，这群亡命之徒，

　　　　　　　饿急了眼只会变本加厉。

　　　　　　　他们的秉性我早有所知：宁可用牙齿

　　　　　　　将城墙啃倒，也绝不会撤围而去。

雷尼耶　　我猜想他们胳膊里准安了什么古怪的机件，

　　　　　　　就像钟表一样，可以永不停摆，

　　　　　　　不然他们怎么也坚持不到现在。

　　　　　　　为臣同意殿下的高见，咱们还是别惹他们为妙。

阿朗松　　在下也同意。

奥尔良私生子上

私生子　　王储殿下何在？我有消息向他禀报。

查理　　　奥尔良私生子，十分欢迎你到此。

私生子　　臣感觉殿下貌似不悦，面色苍白。

　　　　　　　莫非是新遭败绩令殿下无法释怀？

　　　　　　　请殿下且宽心，救兵已经赶来：

　　　　　　　为臣带来一位圣女，

1　奥利维耶（Oliver）和罗兰（Rowland）：12 世纪法国诗歌《罗兰之歌》（*La Chanson de Roland*，或 *The Song of Roland*）中的两位骑士，体现了基督教所提倡的美德、英勇和友谊。

2　参孙（Samson）和歌利亚（Golias，或 Goliath）：《圣经》人物，以力大无比闻名；参孙见《旧约·士师记》第 13—16 章；歌利亚，为大卫（David）所杀的巨人，见《旧约·撒母耳记上》第 17 章。

　　　　　她看到了上天向她显现的异象，

　　　　　受命来解这令人痛苦不堪之围，

　　　　　将英军逐出法兰西国境。

　　　　　她作出深奥预言的能力，

　　　　　古罗马那九位女先知[1]也无法企及：

　　　　　过去怎样，未来如何，她都洞若观火。

　　　　　请殿下降旨，为臣可否宣她觐见？

　　　　　殿下放心，为臣所禀，断无半句戏言。

查理　　　去，宣她进来。　　　　　　　　　　　　　奥尔良私生子下

　　　　　　　　不过，先要试试她的能耐，

　　　　　雷尼耶，你且来把本王储假扮，

　　　　　问她话语气要威严，要板着脸；

　　　　　如此我们才能探出她的深浅。

奥尔良私生子与身着戎装的少女贞德[2]上

雷尼耶　　（扮作查理）美人儿，想干这番惊人之举的就是你？

少女　　　雷尼耶，想愚弄小女子的就是你？

　　　　　王储殿下呢？——（对查理）快出来吧，别躲在后面；

　　　　　虽无谋面之缘，对您的长短我已知根知底。

　　　　　别觉得不可思议，什么也不能把我蒙蔽；

　　　　　私下里我有话想单独和您言语。

1　九位女先知（nine sibyls）：古典时代的女先知，并非古罗马所独有，而且一般认为有十位。

2　少女贞德（Joan [la] Pucelle）：英文拼作 Joan of Arc，旧译本均译作"圣女贞德"，但考虑到剧本系英国人莎士比亚所写，而且贞德直至 1920 年才由天主教会追谥为圣女，故改译为"少女贞德"。此外，一个耐人寻味之处是，剧中其他人物基本上均采用英文拼法，唯独贞德直接采用了法语拼法，原因在于 pucelle 在法语中意为"少女，处女"，与 puzzel（妓女，娼妇）谐音。而且，剧中人物表中贞德的代称也与大多数主要人物不同，用的不是 Joan（贞德），而是 Pucelle（少女），作者或意在表示对贞德的不屑，或只将其视为陪衬性人物，反映了作者强烈的民族立场。——译者附注

各位大人，请你们暂退一旁，稍事回避。

（雷尼耶、阿朗松与私生子退避一旁）

雷尼耶　　　　一上来 [1] 她就表现得咄咄逼人。

少女　　　　王储殿下，我本是牧羊人之女，

没进过学堂受过什么启蒙性教育。

承蒙上苍和仁慈圣母大恩，

光照我这卑微的家境出身。

瞅，一天我正在侍弄我的小羊，

太阳火辣辣地照晒着我的脸庞，

圣母屈尊大驾向我显现，

在无比庄严的异象之中，

她命我放下卑贱的劳动，

去解救我们国家的苦痛。

她允诺相助，保证必定成功。

荣光万丈中她现出真容；

在此之前我生得又黑又丑，

沐浴她那圣洁的光辉之后，

得赐福我便有了殿下眼前的俊秀。

殿下能想到的问题尽管发话，

小女子会不假思索张口就答。

殿下若敢与我交手试试我的勇气，

您会发现我绝非寻常女流可比。

殿下速作决断，您会时来运转，

只要您收留我让我并肩作战 [2]。

1　一上来：带有性含义。

2　本行原文为 If thou receive me for thy warlike mate，其中 mate（伙伴，战友）含"性伙伴"之意，warlike（战争的）则可能与 whore-like（荡妇般的）谐音双关。

查理	你口气之大，实在令我诧异，
	唯有如此方能一探你的实力：
	你跟我近身肉搏[1]，单打独斗，
	你若赢我，你的话便不是夸口，
	否则休想让我听信你做你密友。
少女	我有备而来：请看我的利剑，
	两面各刻有五朵鸢尾花[2]图案，
	我在图赖讷[3]的圣凯瑟琳[4]墓园
	从一大堆废铁中将它挑选。
查理	那就来吧，凭上帝的名义，本人向来不惧女流。
少女	只要我还有一口气，我就决不从男人面前逃走[5]。

两人相斗，少女贞德获胜

查理	罢手！你快罢手！你真乃亚马孙女英雄[6]，
	使起剑来有如底波拉[7]再生。
少女	多亏圣母相助，否则我会不堪一击。
查理	谁帮你我不在乎，反正你要助我。
	和你一样我也心急如火[8]。
	你降伏了我的双手，也把我的心俘获。

1　肉搏：含"交媾"之意。
2　鸢尾花：法兰西纹章上有此花图案。
3　图赖讷（Touraine）：法国中部一地区。
4　圣凯瑟琳（Saint Katherine）：公元四世纪圣徒、处女殉教士，因基督教信仰而遭斩首；贞德声称在异象中见到了她。
5　本行带有无意中的性影射。
6　亚马孙女英雄（Amazon）：神话中的一族女战士。
7　底波拉（Deborah）：《圣经·旧约》中率领以色列人反抗迦南压迫者的女先知（见《旧约·士师记》第4—5章）。
8　含性冲动之意。

绝代少女哟，倘若这便是你的名字，

我宁愿好好把你服侍，也不做你的主子，

法兰西王储在此苦苦求你垂慈。

少女　恕我不能沉迷于儿女私情，

只因我肩负着上苍赋予的神圣使命。

待我把这里的敌寇扫尽荡平，

再思量报答殿下您一片痴情。

查理　眼下，还求您垂怜拜倒 [1] 在您面前的奴隶吧。

雷尼耶　（对一旁其余人）咱们主上，窃以为，话说得可真长。

阿朗松　无疑他把这女子的底细扒了个精光 [2]，

要不他那话儿怎么也扯不到这么长 [3]。

雷尼耶　他这长得也太离谱了，要不要上去打断一声？

阿朗松　他的心思我们这些下人岂能搞清 [4]。

这样的娘儿们口舌功夫 [5] 了得，很会勾引人上当。

雷尼耶　殿下，您意下如何？您有何良方？

我们要不要放弃奥尔良？

少女　咳，不，我说，别犯嘀咕，一群懦夫！

战斗到最后一口气，我会把你们守护。

查理　她的言语，甚合吾意；我们定要干到底。

少女　我奉上天之命前来讨伐英寇。

今夜我定将这奥尔良之围解救。

1　拜倒：可能是比喻义（爱慕的，屈服的），也可能是字面义，即查理打输之后仍倒在地上。

2　本行原文为 Doubtless he shrives this woman to her smock，其中 shrive 除作"听（某人）忏悔后赦其罪"解外，还有"给（某人）宽衣解带"、"与（某人）性交"之意。

3　扯长：含阳物勃起之意。

4　搞清（know）：或具性含义，因为 know 还有"与（某人）交媾"之意。

5　口舌功夫：暗含口交之意。

　　　　　　如今我已为国参战，
　　　　　　圣马丁之夏[1]和翠鸟孵卵之日[2]必为期不远。
　　　　　　荣耀就像水面上的一个圆圈，
　　　　　　永不停息地向外自我扩展，
　　　　　　大到后边儿，便会自己消散。
　　　　　　亨利驾崩，英格兰的水圈登时完蛋，
　　　　　　圈里的荣光也随之烟消云散。
　　　　　　此刻我像那笑傲波涛的航船，
　　　　　　载着凯撒及其好运一往无前[3]。
查理　　穆罕默德通过一只鸽子领受默示[4]？
　　　　　　那便是一只雄鹰[5]把灵感传递与你。
　　　　　　无论是君士坦丁大帝的母亲海伦[6]，
　　　　　　还是圣腓力诸女[7]都无法跟你相比。
　　　　　　晨星维纳斯啊，你降落在这凡尘，
　　　　　　我对你的仰慕之情如何才能罄尽？
阿朗松　事不宜迟，咱们还是赶紧解围去。

1　圣马丁之夏（Saint Martin's summer）：靠近年末的一段好天气；11 月 11 日为圣马丁节。
2　翠鸟孵卵之日（halcyon's days）：一段平静日子（源于翠鸟在水面上筑巢产卵，孵卵期间水面会风平浪静的传说）。
3　据古代作家普卢塔克（Plutarch）称，凯撒叫一位船长不要害怕恶劣天气，因为船上载有凯撒和凯撒的好运。
4　传说伊斯兰教先知兼创立者穆罕默德因一只鸽子在他耳边私语而领受默示；怀疑者认为他不过是训会了那只鸽子啄食放在耳中的谷粒罢了。
5　鹰（eagle）：基督教一象征符号。
6　海伦（Helen）：君士坦丁大帝之母；据说经异象导引发现了当年耶稣受难的十字架（true cross，一译"真十字架"）之后，使君士坦丁大帝皈依基督教，从而使得基督教成为罗马帝国的正式宗教。
7　圣腓力诸女（Saint Philip's daughters）：四位据说能预言的处女（见《圣经·新约·使徒行传》第 21 章第 9 节）。

雷尼耶	娘儿们，拿出你所有本事保全我等荣誉；
	将敌人从奥尔良赶走，你便可以永垂不朽。
查理	现在就试上一下；来，咱们这便前去攻打，
	她若有假，我再也不信什么预言家。 众人下

第三场 ／ 第三景

伦敦塔

格洛斯特率身着蓝色制服[1]的众家丁上

格洛斯特	我今天来此视察伦敦塔，
	先王亨利晏驾，怕是有人要耍奸猾。
	这帮狱吏不在此执勤，都跑到哪里去了？（众家丁敲门）
	开门，是我格洛斯特在此把门叫。
狱吏甲	（幕内）谁在那儿如此放肆地敲门？
家丁甲	是尊贵的格洛斯特公爵大人。
狱吏乙	（幕内）不管是谁，都休想踏进这扇门。
家丁甲	狗奴才，你们居然这样跟护国公回话？
狱吏甲	（幕内）让老天爷保护他吧，这就是我们的回话。
	我等不过是奉命行事。
格洛斯特	奉谁之命？除了我的命令还有谁的可奉？
	本朝除了我，没有第二个护国公。

1 蓝色制服：格洛斯特家丁的制服，蓝色同时也是伊丽莎白时期典型的仆人制服颜色。

（对众家丁）把门撞开，捅了娄子我给你们撑腰；

岂能容粪夫这样在我头上拉屎撒尿？

格洛斯特众家丁冲击塔门，伦敦塔卫队长伍德维尔于幕内白

伍德维尔　怎么这么吵闹？什么人来此造反不成？

格洛斯特　卫队长，听声音是你吧？

把门打开，放本公爵格洛斯特进去。

伍德维尔　少安毋躁，尊贵的公爵，这门在下开不得。

枢机主教[1]温切斯特有令不许开。

他明确地给我下达了一道命令：

不得放您和您手下的任何人进来。

格洛斯特　伍德维尔你这个怂包，把他看得比我还高？

目空一切的温切斯特，不可一世的主教，

先王亨利都不堪忍受的那厮？

你既非上帝之友，亦非王上知交。

把门打开，否则我立即就地免你的职。

众家丁　快快给护国公大人把门打开，

再不快点儿，可就休怪我们硬闯了。

温切斯特主教率身着褐色[2]制服的家丁上，至塔门处护国公前

温切斯特　怎么啦，野心勃勃的仲裁官[3]！这是何意？

格洛斯特　秃头教士，是你下令把我挡在门外的吗？

温切斯特　没错，是我。你这头一号的篡国贼，

哪里是主上和国家的"护国公"！

1　枢机主教：此处有误，他在第五幕第一场中才晋升枢机主教。

2　褐色：宗教法庭传唤吏或官员制服的颜色。

3　仲裁官（umpire）：第二对开本对第一对开本中的 Vmpheir 所做的校订；有些编者校订为 Humphrey，但主教没有理由用教名来称呼自己的敌手。

格洛斯特	让开，你这明目张胆的阴谋家，
	是你阴谋加害我们先王，
	是你给娼妓赎罪券纵容罪孽勾当 [1]，
	你再这样厚颜无耻不知羞，
	我就把你丢进你宽大的主教帽 [2] 里簸 [3] 个够。
温切斯特	胡说，你给我让开，我一步也不会退让，
	就算这儿是大马士革，你是受诅咒的该隐，
	杀死你的兄弟亚伯吧，如果这能叫你称心。
格洛斯特	我不杀你，但要把你撵回去，
	我要拿你这身红袍当婴儿的受洗襁褓，
	把你包起来，从这儿清除掉。
温切斯特	有胆你试试，我敢当面薅你胡子 [4]。
格洛斯特	什么？你挑衅我敢当面薅我胡子？
	拔剑，小子们，休管他什么皇家禁地，（众家丁拔剑）
	蓝衣战褐皮！教士，当心你的胡子，
	我要揪住你的胡子，赏你一顿老拳。
	我要把你的主教帽放在脚下踩践，
	管他教皇还是教会的显贵怎么看，
	我都要拧着你的腮帮把你上提下按。
温切斯特	格洛斯特，你要在教皇面前对此做出交代。
格洛斯特	嫖出一裤裆疙瘩的温切斯特，

1　温切斯特主教教座在伦敦萨瑟克区（Southwark）拥有并出租土地，此地系泰晤士河南岸臭名昭著的妓院区；当时妓女又被称作"温切斯特鹅（Winchester geese）"。

2　主教帽（cardinal's hat）：亦为萨瑟克区一历史悠久的妓院的名字；实际上温切斯特主教此时尚未晋升枢机主教。

3　簸：原文 canvass 兼具"网住，彻查，惩罚"之意。

4　薅……胡子：指"藐视，违抗"。

我说，"绳索，快拿绳索来！"——

（对众家丁）快把他们撺走，

你们干吗还让他们在此逗留？——

（对温切斯特）我要把你赶走，你这披着羊皮的狼。——

滚，披褐皮的东西！——滚，穿红袍的伪君子！

格洛斯特的众家丁驱打温切斯特主教的众家丁，混战中伦敦市长率众巡吏上

市长	哎哟，我说诸位大人呀，你们身为朝廷高官，
	怎么如此不顾颜面，公然扰乱治安！
格洛斯特	别提什么治安，市长，你不知道我受了多少冤枉，
	这个博福特，他目无上帝，心无王上，
	已经把这座伦敦塔据为己用了。
温切斯特	这个格洛斯特——人民的公敌，
	他频频发动战争，从来不谋求和平，
	滥征巨额战争税，弄得百姓力尽财匮——
	他图谋不轨，要推翻教会，
	全仗着他占着护国公之位，
	他还企图窃取塔内的兵器，
	以期搞垮幼主，篡位而自立。
格洛斯特	回应你我不用舌头，而是拳头。

双方再次开打

市长	打得这样不可开交，我已别无高招，
	只好当众宣读戒严公告。
	来，巡吏，宣读一下，嗓门越大越好。
	（将一文件交与巡吏，巡吏接过便念）
巡吏	今日在此持械聚众滋事，扰乱上帝和王上安宁之各色人
	等且都听真：本官以国王陛下之名义，责成和命令汝等
	各回本处，今后不得携带、操持和使用任何刀剑、兵器

	或匕首，违者格杀勿论。（冲突止）
格洛斯特	枢机主教，我不想犯法，
	但回头咱再会，打开天窗说亮话。
温切斯特	格洛斯特，下次碰头定叫你吃苦头。
	为今日之事，我要取你心头之血方肯休。
市长	你们再不走，我就叫警棍伺候。
	这个枢机主教，比魔鬼还狂傲。
格洛斯特	市长，告辞，你也是秉公办事。
温切斯特	格洛斯特你这个怪胎，当心你的脑袋，
	我打算要不了多久就把它取下来。

格洛斯特与温切斯特主教率各自家丁分头下

市长	看看四下还有没有人，然后咱们也收队。
	老天爷啊，这些贵族脾气居然这么大！
	本人活了四十年，也不曾打过一次架。 　　　　众人下

第四场 / 第四景

法兰西奥尔良

奥尔良炮兵队长父子上

炮兵队长	小子，奥尔良被围的情况你可知道，
	还有，英军已经占领了它的近郊。
队长之子	父亲，我知道，而且没少朝他们开炮，
	只可惜，运气不好，没有击中目标。

炮兵队长	今后不会了。只要你听我号令，
	作为炮兵队长驻防本城，
	我得干点儿大事长长威名。
	王储的探子已向本队报告：
	盘踞在郊外堑壕里的英军，
	习惯于躲在远处的高塔里，
	透过隐蔽的铁格栅偷窥本城动静，
	进而捕捉最有利的战机，
	向我发动炮攻或进行突袭。
	这对我们大大的不利，为此，
	我已把一门大炮对准了那里，
	这三天来我一直在密切监视，
	等着他们探头。现在你来替我蹲守，
	我实在是体力不支难以再守候。
	一旦发现动静，赶紧前来报告，
	我在总督府里等你通报。

队长之子　父亲，我向您担保，您不用担心，　　　　　炮兵队长下

　　　　　我要是发现了他们，决不去打搅您。　　　　　　　　下

索尔兹伯里与塔尔博特携其他人（包括托马斯·加格雷夫爵士和威廉·格拉斯代尔爵士）出现在塔楼上

索尔兹伯里　塔尔博特，我的生命，我的欢乐，又回来了？

　　　　　你被俘之后他们如何待你？

　　　　　你又用什么法子得以获释？

　　　　　请你就在这塔顶说个详细。

塔尔博特　贝德福德伯爵手上有个俘虏，

　　　　　人称猛将庞顿·德桑拉耶勋爵，

　　　　　用他做交换才把我赎了回来。

不过他们一度存心羞辱在下，
想拿一个区区小卒来做交换，
对此，我不屑一顾，唯求一死，
也不愿被人如此轻蔑贬抑。
总之，赎身这件事还算如意。
不过，咳，福斯塔夫这奸贼伤透了我的心，
要是此时间他落在我手里，
我定要一顿拳头送他归西。

索尔兹伯里 你受到了什么样的待遇还没说呢。

塔尔博特 我受尽了嘲弄、耻笑和凌辱，
他们将我拖到露天市场，
让我在大庭广众之下出洋相。
"看哪，"他们说，"这就是法兰西人闻之色变的凶神，
那个把咱们的孩子吓得不行的稻草人儿。"
后来我挣脱了押解我的警吏，
用指甲从地下抠出石头子儿，
朝看我出丑的围观者掷去。
我一脸杀气吓得他们屁滚尿流，
谁都不敢靠近，生怕暴毙街头。
他们把我锁进铁牢还放不下心，
我的名字叫他们害怕得要命，
纷纷传说以为我能手断钢条，
能一脚将金刚石柱踢成几截。
于是给我派了一队神枪手，
成天价在我身边转悠。
就算我不过是翻身掉下了床，
他们也会立即射中我的心脏。

炮兵队长之子手持一根燃着的火绳杆上，过台面即下

索尔兹伯里 听你受了这么多折磨，我很难过，

不过这个仇，我们一定要报个够。

此时正是奥尔良开晚饭的时候，

瞧，透过这个格栅，我能摸清法军人数，

还能看清他们的防御部署。

大家都来瞧一瞧，看了你们保准开怀大笑；

托马斯·加格雷夫爵士，还有威廉·格拉斯代尔爵士，

我想听听你们二位的高见，

接下来我们炮轰哪个位置最好。（他们透过格栅看）

加格雷夫 我觉得，瞄准北门，那里集中着头头脑脑。

格拉斯代尔 我看还是轰这里，瞄准这个桥头堡。

塔尔博特 依我所见估计，城里必是断了粮，

不然就是几次小仗之后元气损伤。

幕内法军开炮，索尔兹伯里与加格雷夫应声倒地

索尔兹伯里 上帝啊，宽恕我们这些可怜的罪人吧！

加格雷夫 上帝啊，怜悯我这苦命之人吧！

塔尔博特 我们怎么会突然遭此飞来横祸？

说话啊，索尔兹伯里，能开口就起码说句话；

你怎么样啦，军中的楷模？

你有一只眼睛和半边腮帮都给炸掉啦？

该死的塔楼！还有那只酿下

这场惨剧的该死的毒手。

索尔兹伯里历十三战未尝败绩，

亨利五世最初都从他研习军事，

号角响时，战鼓擂处，

战场上他的剑从不曾停止挥击。

你还活着吗，索尔兹伯里？虽然你不能言语，

可你还有一只眼睛可以冀望上天垂下恩赐。

太阳便是用一只眼睛关照这世间大地。

苍天啊，若索尔兹伯里无法让您动恻隐之心，

您就用不着恩宠任何活人。

加格雷夫爵士，你可还有一口气？

跟塔尔博特说句话，不，还是抬眼看看他吧。

把他的遗体抬走，我要亲手帮着掩埋。

> 一人携加格雷夫的尸体下

索尔兹伯里，请你的在天之灵放心：

你是不会死的，只要——

他在向我招手，冲我微笑，

好像要说"我死之后，

记住替我找法兰西人报仇。"

金雀花[1]，我会的；我要像你，尼禄，

拨弄琴弦，眼看座座城池化为灰烬[2]。

只要一听到我的大名，法兰西就会大难降临。

> 警号，电闪雷鸣

这是什么扰动？天上出了什么乱子不成？

哪里来的这一阵警号和嘈杂声？

> 一信差上

信差　　大人，大人，法兰西人已经集结了队伍。

王储，又多了一个叫贞德的少女加入，

1　金雀花（Plantagenet）：索尔兹伯里（托马斯·蒙塔丘特 [Thomas Montacute]）系爱德华三世之后。

2　据称罗马皇帝尼禄（Nero）在罗马大火期间曾演奏音乐（一般说是"弹琴"）。

一个新冒出来的女先知，

率领一支大军解围来了。

索尔兹伯里撑起身子，呻吟

塔尔博特　　听，听，奄奄一息的索尔兹伯里在呻吟！

不能报仇雪恨，他耿耿于心。

法兰西人，我来替索尔兹伯里收拾你们。

管你少女还是骚女，王储还是王八 [1]，

我要叫你们的心脏在我马蹄下开花，

还要把你们搅在一起的脑浆踏成烂泥巴。

先替我把索尔兹伯里抬进他的营帐，

回头再来看这些怕死的法兰西人敢怎样。　　警号。众人下

第五场 　/　 景同前

警号声又起，塔尔博特追击法王储，驱赶着同下；后少女贞德追逐英军上，复
同下。再后塔尔博特上

塔尔博特　　我的气力、勇气，还有威力都哪里去了？

我们英军士兵退却，我拦都拦不及。

追击他们的是一个披挂整齐的女子。

少女贞德上

1　本行原文为 Puzzel or pucelle, dolphin or dogfish，照字面直译是 "妓女也好少女也罢，海豚也
好猫鲨也罢"。前半句参见第一幕第二场注释 "少女贞德"；法王储在法语中是 Dauphin，与
dolphin（海豚）同音。——译者附注

瞧，瞧她来了。我来与你战上一回合[1]，
管你是魔鬼还是魔鬼他娘，我都要把你降伏[2]；
你是个女巫[3]，我就叫你见点儿红——
直接叫你的灵魂去见你伺候的主子。

少女　　　来，来，只有我才能让你的头挺不起来。

两人相斗

塔尔博特　苍天啊，你能容忍邪魔如此肆行？
我要铆足干劲，哪怕五脏六腑开花，
我要放手一搏，就算四肢完全散架，
也要教训一下这个没有深浅的骚货。

两人再度相斗

少女　　　塔尔博特，再会，你的大限还没到，
我得马上去给奥尔良运粮草。

一阵短促的警号声，后贞德率兵进城

有本事你来追，你那点儿功夫我真瞧不起。
去，快去，去给你快要饿死的部下打打气，
去帮帮索尔兹伯里立一下遗嘱安排下后事，
今天属于我们，今后我们还将无往而不利。　　　下

塔尔博特　我的脑子似那陶轮般团团转，
我不知道自己身在何处，也不清楚为何劳碌。
一个女巫像那汉尼拔[4]，利用恐吓，而非武力，

1　战上一回合：兼具性交之意。
2　降伏：或兼具性交之意。
3　迷信认为取女巫血者可受其魔咒保护。
4　汉尼拔（Hannibal）：公元前三世纪迦太基著名将领，曾将火把绑于一大群牛的角上，致使
　　敌方罗马军队上当，误以为寡不敌众而自乱阵脚。

便退了我大军而获胜真是随心所欲。

这好比用浓烟将蜜蜂熏出蜂房，

用毒臭气将鸽子驱出鸽舍一样。

当初，我们勇猛顽强，他们骂我们是英格兰恶狗，

如今，我们却跟小狗没两样，一边汪汪一边开溜。

（一阵短促警号声）

听我说，弟兄们，要么重新投入战斗，

要么把英格兰纹章[1]上的狮子扯下算喽；

放弃你们的国土，把狮子换成绵羊。

就是牛马遇上了豹子，绵羊撞见了豺狼，

也绝不会像你们见了自己过去的手下败将

那样闻风丧胆，逃得如此窝囊。

警号。又一场厮杀

这无济于事，退回你们的战壕里去。

索尔兹伯里的死，全都拜你们所赐，

没有一个人愿意为他复仇奋力一击。

那骚货已经进了奥尔良，

根本没把我们放在眼里，觉得我们无能为力。

唉，我真恨不得跟索尔兹伯里一起战死！

这样的耻辱，实在令我不能挺起头来做人了。

塔尔博特下

警号。收兵号。喇叭奏花腔

---

1 英格兰纹章：上有三只狮子，占四分之三位置，剩余四分之一为法国鸢尾花。

第六场　　/　　景同前

少女贞德、王储查理、雷尼耶、阿朗松率兵士携旗帜上至城墙之上

少女　　　　让我们的战旗在城墙之上高高飘扬，

我们已经从英格兰人手里夺回了奥尔良。

少女贞德也就兑现了自己许下的诺言。

查理　　　　天仙般的人儿，阿斯特赖亚[1]之女，

这场胜利我该怎样嘉奖你？

你的诺言就像阿多尼斯花园[2]，

一旦开了花，第二天便结果。

法兰西，为你荣耀的女先知欢庆！

奥尔良城重新回到了我们手中，

我们国家还不曾如此受到上天垂青。

雷尼耶　　　何不叫全城齐鸣洪钟？

王储殿下，令全城百姓燃起篝火，

在大街上大排宴筵，

庆祝上帝赐给我们的这份喜悦吧。

阿朗松　　　若听说我们的英雄壮举，

全法兰西都将欢欣鼓舞。

查理　　　　今天获胜靠的是贞德，而非你我，

为此我要把我的王冠分她一半，

还要让全国所有的司铎和修士

1　阿斯特赖亚（Astraea）：希腊正义女神。
2　阿多尼斯花园（Adonis' garden）：神话中能育性特别强的花园。

上街游行，赞颂她的无量功德。

我要为她修一座雄伟的金字塔，

比孟菲斯罗多佩的那个[1]还气派。

将来她去世后，为了纪念她，

我要把她的骨灰装进比波斯王

大流士的百宝箱[2]还贵重的骨灰缸，

每逢盛大节日我都要把它捧出来，

放在法兰西历代先王先后之前。

我们再也不用祈求圣但尼[3]保佑，

少女贞德将做法兰西的保护神。

进来，且让我们共赴盛宴，

庆祝这胜利的辉煌之日。　　　　　喇叭奏花腔。众人下

1　孟菲斯罗多佩的那个（金字塔）（Rhodope's of Memphis'）：罗多佩系古希腊名妓，后嫁给孟菲斯的一个国王，据称埃及的第三座金字塔乃她所造。

2　大流士的百宝箱（rich-jewelled coffer of Darius）：大流士系波斯王，被亚历山大大帝（Alexander the Great）击败；"百宝箱"既可能指大流士的珠宝箱（亚历山大后来用于装荷马作品），也可能指大流士的棺材。

3　圣但尼（Saint Denis）：法兰西的主保圣人。

第 二 幕

第一场 / 第五景

一法军小队长率两哨兵自高台上

小队长　　弟兄们，站岗放哨去，机灵点儿，

　　　　　　一听到什么动静或是发现敌兵

　　　　　　靠近城墙，就发个明确的信号，

　　　　　　好让咱们在警卫室里能够知道。

哨兵甲　　队长，您放心。　　　　　　　　　　　队长下

　　　　　　　　　　当小兵的命就是这么苦，

　　　　　　别人安安生生地躺在床上睡大觉，

　　　　　　咱却得在黑夜、雨天、寒冷中放哨。

塔尔博特、贝德福德、勃艮第及众兵士携云梯上，鼓奏送葬曲

塔尔博特　　摄政大人，还有可敬的勃艮第，

　　　　　　二位一驾临，阿图瓦，瓦隆[1]，还有皮卡第，

　　　　　　这几个地区便跟我们热络亲近，

　　　　　　今夜吉星高照，法兰西人万万想不到，

　　　　　　他们一整天大吃大喝尽情欢闹；

　　　　　　我们要抓住这绝好的天赐良机，

　　　　　　将他们靠妖术和邪门歪道

　　　　　　炮制出来的阴招统统还掉。

1　瓦隆（Wallon）：今比利时南部一地区。

贝德福德	法兰西孬种[1]！竟这等不顾自己名声，
	对他自己的武力绝望透顶，
	便与女巫勾搭向地狱乞灵。
勃艮第	逆贼奸佞从来就别无俦朋。
	不过他们说得如此纯洁的那个少女是个什么人物？
塔尔博特	一个处女，他们说。
贝德福德	一个处女？还如此勇武？
勃艮第	求上帝别让她不日透出阳刚[2]，
	若任她继续献身法兰西麾[3]下，
	一如她业已开始般顶盔掼甲[4]。
塔尔博特	咳，就让他们与妖魔勾连一气[5]。
	上帝是我们的堡垒，凭着他所向无敌的名义，
	让我们下定决心，爬到他们坚固的壁垒上去。
贝德福德	上，勇敢的塔尔博特，我们跟着你。
塔尔博特	别全挤在一起，我想，最好是
	我们兵分几路齐头突入，
	万一我们当中有人失利，
	其他人还可以继起杀敌。
贝德福德	同意，我到那边角上去。
勃艮第	我上这个角。
塔尔博特	我塔尔博特从这儿上，上不去就葬身此地。
	听着，索尔兹伯里，为了你，为了英王亨利

1 指法王储。
2 别……透出阳刚：兼具"别证明自己是个男子"、"（怀上孩子来）证明自己是个女人"之意。
3 麾：还兼具"掌旗兵"、"勃起的阴茎"之意。
4 顶盔掼甲：还兼具"（性交中）承受着盔甲男子的重量"之意。
5 勾连一气：还兼具"性交"之意。

的权利，今夜将证实

我对二位负有何等义务。

哨兵甲乙　　抄家伙！抄家伙！敌人来攻啦！

已登上城头的英军兵士高呼："圣乔治！""为了塔尔博特！"

法军官兵身穿衬衫纷纷跳下城墙。奥尔良私生子、阿朗松与雷尼耶衣冠不整地
分头上

阿朗松　　这是怎么啦，各位大人？天哪，全都这样衣冠不整？

私生子　　衣冠不整？唉，活着逃出来已是万幸。

雷尼耶　　听见咱们卧室门口警号声响，

我还当是要醒来起床。

阿朗松　　我从戎以来历经百战，

从未听说有哪一场战事

比这场还要艰险还要不堪。

私生子　　我觉得这个塔尔博特简直就是来自地狱的恶魔。

雷尼耶　　要不是来自地狱，那就肯定是上天有意助他。

阿朗松　　看，查理来了；不知道他情况怎样。

查理与少女贞德上

私生子　　啧，神女[1]贞德是他的贴身护卫。

查理　　这是你使的诈，你这诡诈的女人？

你一上来哄得我们飘飘然，

先让我们尝上一点儿甜头，

好害我们吃眼下这十倍的苦头？

少女　　查理你为什么对朋友如此性急？

你要我什么时候都得一样能干？

1　神女：原文 holy 或与 holey（即"具阴道的"，指贞德的性能力）谐音双关。译文"神女"在
　　汉语中有"妓女"之意。——译者附注

不管我是醒是睡都得所向无敌，

否则你就怪罪，把责任往我头上推？

疏忽大意的兵士，要是你们站好了岗，

决不会遭此飞来祸殃。

查理　　　　阿朗松公爵，这是你的疏失，

你身为今天晚上的值班队长，

没有很好地把这一重任担当。

阿朗松　　　要是你们所把守的那些防区

都像我负责的那块儿一样严加戒备，

我们就不至于被偷袭得如此狼狈。

私生子　　　我的防区没出问题。

雷尼耶　　　我的也没有，殿下。

查理　　　　至于我自己，这一宿绝大多数工夫，

在她的防区 [1] 和我自己的地盘里

我是进进出出，忙得不亦乐乎，

操心着哨兵们上下岗这事儿 [2]。

那他们一开始应该是怎样或打哪里攻进的呢？

少女　　　　这件事，各位大人，别再继续刨根问底，

怎样或打哪里？肯定是他们发现了哪一处

把守松懈，这才撕开了口子。

现在除此也没有别的法子：

收拢我们四散奔逃的兵士，

重新计议如何把他们打击。

警号。一英军兵士上，高呼"塔尔博特！塔尔博特！"法兰西人纷纷遗下衣服，

1　她的防区（her quarter）：贞德的防区（或具性含义，指"臀及两腿之间的区域"）。

2　哨兵们上下岗这事儿：可能暗指"勃起泄欲"。

落荒而逃

兵士　　　他们落下的我这就笑纳不必客气，
　　　　　　我喊了声"塔尔博特"恰似利剑好使，
　　　　　　瞧，我没使别的兵器，只凭他的名字，
　　　　　　这不，许多战利品就压了我一身。　　　　　　　下

第二场　/　景同前

塔尔博特、贝德福德、勃艮第、一队长及其他上

贝德福德　　天开始破晓，用黑袍
　　　　　　将大地笼罩的黑夜已逃之夭夭。
　　　　　　就此吹起收兵号，莫再穷追为好。

吹收兵号

塔尔博特　　把老索尔兹伯里的遗体抬出来，
　　　　　　把它高高地停放在市场上，
　　　　　　这是这该死的城市的中央。
　　　　　　现在我已兑现向他的英魂立下的誓言[1]，
　　　　　　他身上滴淌的每一滴血，
　　　　　　今晚至少有五个法兰西人用命抵偿。
　　　　　　为了让后代子孙得以目睹
　　　　　　替他报仇发生了何等浩劫，

1　誓言：即复仇的誓言。

我要在他们最大的圣殿里
建一座墓来安葬他的遗体，
墓碑上刻上洗劫奥尔良的经过，
他如何遭暗算而惨死，以及
他生前曾如何威震法兰西，
以便大家都可以观瞻知悉。
不过，诸位大人，我们整场血洗，
奇怪怎么没见王储的影子，
还有他那位新来的干将，善良得不行的[1]贞德，
以及他那群阴险狡诈的羽翼。

贝德福德　　我猜想，塔尔博特大人，战斗伊始，
他们从昏睡的床上突然惊起，
便混迹在兵丁们的队伍内里，
越墙遁逃到野地里苟且躲避。

勃艮第　　依我看，虽然夜里烟尘弥漫，
但就我所能分辨的情况而言，
肯定我把王储和他那个骚货吓破了胆，
俩人飞跑的时候还搭背勾肩，
就像一对儿卿卿我我的斑鸠[2]，
不分白天黑夜都要一起厮守。
且待此地诸事料理停当之后，
我们率全部兵力把他们寻搜。

一信差上

信差　　给列位大人请安！敢问在场贵胄之中，

1　善良得不行的（virtuous）：带讽刺意味。
2　斑鸠（turtle-doves）：忠贞爱情的象征，据称雌雄斑鸠结对后会一生厮守。

哪一位是骁勇善战，战绩在法兰西各地
备受赞誉的塔尔博特？

塔尔博特 塔尔博特在此，谁欲与之一叙？

信差 贤淑的贵妇，奥弗涅伯爵夫人，
十分钦仰您的名望，
特差小的请大人您赏光
驾临她栖身的寒微城堡，
好让她可以夸耀自己曾亲见
这位誉满天下、撼天动地[1]的好汉。

勃艮第 竟有此等事？嗬，那我看咱们的战争
就要变成一场和平的乐事了，
连夫人太太们都渴望会上一遭[2]。
大人，您可莫轻慢她这番恭请之意。

塔尔博特 万万不会，你大可放心，
普天下男人费尽口舌也白费心力时，
一个女人靠柔情蜜意便能达到目的；
所以请转告她，我多谢她的美意，
定谨遵旨意到她府上拜访。
诸位可愿意陪我一同前往？

贝德福德 不，实在不可，这会逾越礼数，
而且我听人说过，不速之客
人家往往巴不得你赶紧走呢。

塔尔博特 也罢，那就只身前往，既然别无选择，
我有意体验一下这位夫人的礼遇。

1 撼天动地：暗指枪炮爆炸声。
2 会上一遭：兼具"打斗"、"做爱"之意。

过来，队长。

你明白我的意思吗？（耳语）

队长　　　明白，大人，保证照办。　　　　　　　　　众人下

第三场　　/　　第六景

法兰西奥尔良附近奥弗涅伯爵夫人的城堡

奥弗涅伯爵夫人及其门房上

伯爵夫人　　门房，记住我的吩咐，

　　　　　　办妥之后，把钥匙交给我。

门房　　　夫人，遵命。　　　　　　　　　　　　　　　　下

伯爵夫人　　套儿已下好，如果一切顺利，

　　　　　　我会凭此壮举声名鹊起，

　　　　　　正如斯基泰人托米丽司凭借居鲁士之死[1]。

　　　　　　这个可怕的骑士被传得神乎其神，

　　　　　　他的战绩也是多有耳闻。

　　　　　　我倒是要亲自耳闻目睹，

　　　　　　一探这些离奇传闻是否可信。

信差与塔尔博特上

信差　　　夫人，如夫人所愿，

1　女王托米丽司（Tomyris）为替死去的儿子报仇，杀死了谋害儿子的凶手波斯王居鲁士（Cyrus），将其首级浸在盛满血的皮革酒囊里。

	应夫人托言相请，塔尔博特大人已到。
伯爵夫人	快快有请。怎么，就是这个人？
信差	夫人，正是。
伯爵夫人	这就是法兰西的灾星？
	这就是那个威震遐迩、人见人怕，
	当妈的用他的名字来吓唬孩子的塔尔博特？
	我看传闻都是胡编乱造不可信，
	我只当会看到跟海格立斯[1]相近，
	或者赫克托耳[2]再世，神情冷峻，
	体格彪悍，四肢强健。
	天哪，居然是个小儿，一个虚弱的侏儒。
	这么一个疲软皱巴的小虾米，
	绝不可能打得敌人如此恐惧。
塔尔博特	夫人，我冒昧前来叨扰，
	可是夫人您既然不得闲暇，
	我还是改日再来拜访您吧。
伯爵夫人	他这是何意？去问问他要去哪里。
信差	留步，塔尔博特大人，我家夫人想要
	知道您为什么要突然告辞。
塔尔博特	唉，只因她误以为我是冒名顶替，
	我要去向她证明眼前的塔尔博特货真价实。

门房持钥匙上

伯爵夫人	你若是他，那你便已成俘虏。
塔尔博特	俘虏？谁的？

---

1 海格立斯（Hercules）：亦译赫剌克勒斯，著名的希腊英雄，半神半人，力大无穷。
2 赫克托耳（Hector）：著名的特洛伊勇士。

伯爵夫人	我的，嗜血成性的大人；
	为此我才把你诱骗到我府里。
	你的身影早已成为我的奴隶，
	因为我的画廊里挂着你的画图。
	不过现在你的真身也将受到同等待遇，
	我要给你这手脚戴上桎梏，
	这许多年来它们专横跋扈，
	蹂躏我们国家，屠戮我们人民，
	把我们的儿子丈夫抓去当俘虏。
塔尔博特	哈，哈，哈！
伯爵夫人	你还笑，可怜虫？你这会儿嬉皮笑脸，马上叫你叫苦连天。
塔尔博特	我笑的是夫人您居然如此天真，
	以为除了塔尔博特的影子之外，
	还抓到了什么东西来让您处置。
伯爵夫人	怎么，难道你不是那家伙？
塔尔博特	是倒的确是。
伯爵夫人	那身子也落到我手里了。
塔尔博特	非也，非也，我不过是我自己的影子，
	您上当了，我的身子并不在此地；
	您看到的不过是众生中最小、
	最不起眼的那一部分[1]；
	我告诉您，夫人，要是全体[2]来到这里，
	那将是十分庞大，魁伟挺拔，
	您的房顶撑破了都容纳不下。

1　最不起眼的那一部分：此处指其人马。
2　全体：兼具"整个身体"、"全部人马"之意。

伯爵夫人	这是个见机行事的谜语贩子，
	他将会在这里，而此刻又不在此地；
	这些自相矛盾的话儿怎能说得过去？
塔尔博特	我这就让您长长见识。

他吹响号角，鼓声大作，一阵炮响。众兵士上

	怎么样，夫人？您现在可相信
	塔尔博特不过是他自己的影子？
	这些才是他的身子、肌肉、手臂和膂力，
	他正是用这些扼住你们叛逆的脖子，
	铲平你们的都市，捣毁你们的城池，
	在顷刻之间把它们变成一片废墟。
伯爵夫人	常胜的塔尔博特，原谅我的冒犯，
	我发现您果真是一点儿也名不虚传，
	而且您的的确确是人不可貌取，
	万望我的无礼没惹您见怪动气，
	方才我有失恭敬，待您不周，
	对此，我感到万分的愧疚。
塔尔博特	莫要苦恼，美貌的夫人，莫错看
	塔尔博特的心胸肚量，就像您刚刚
	看他的身体皮囊看走了眼一样。
	您适才的举动没有惹我不舒服，
	我心里也不奢求得到别的满足，
	只求您慨然应允，让我们得以
	一品您的佳酿，一睹您的美食，
	军人的胃口对这些向来是恭迎不拒。
伯爵夫人	尽心竭诚，倍感荣幸
	能在敝府把如此伟大的猛士宴请。 众人下

第四场 / 第七景

伦敦圣殿¹一花园，露出一玫瑰丛

理查·金雀花、沃里克、萨默塞特、萨福克、凡农及一律师上

理查·金雀花　列位大人绅士，这般沉默是何意？

难道就没有人敢以事实为依据答复？

萨福克　在圣殿大厅里大家会太聒噪，

还是花园这儿较为便宜。

理查·金雀花　那就痛快点儿，说说我说的是否属实，

换句话说，强词夺理的萨默塞特是不是理屈？

萨福克　老实说，法律上我都是混日子，

历来没法叫自己的意志适应法律，

于是就只好叫法律顺应我的意志。

萨默塞特　那你来评判，沃里克大人，我们俩谁对谁错。

沃里克　两只鹰，哪一只飞得更高，

两条狗，哪一条吠得更凶，

两排刃，哪一排火回得更好，

两匹马，哪一匹表现得更佳，

两个姑娘，哪一个眼睛更迷人，

我或许还可以发表一点儿浅见。

但要说到法律上这些细微讲究，

说句老实话，我还不如那寒鸦²。

1　圣殿（Temple）：伦敦市西出庭律师公会所在地，年轻人在此研习法律。

2　寒鸦（daw）：即jackdaw，一种众所周知的笨鸟。

理查·金雀花	啧，啧，这都是客套不表态，
	真理赤裸裸地站在我这边，
	就连半瞎之眼都看得出来。
萨默塞特	我这边真理衣冠楚楚，
	如此分明，如此耀眼，如此明显，
	就连全瞎之人也能眼前一亮。
理查·金雀花	既然大家都缄口结舌不愿说话，
	那就用无言的记号来表明各自的想法。
	谁要是堂堂正正的正人君子，
	且不愿辱没自己门第的荣誉，
	如果认为我主张的合乎事实，
	就请随我从这刺丛上摘下一朵白玫瑰[1]。
	（摘下一朵白玫瑰）
萨默塞特	谁要不是懦夫或谄媚之徒，
	而敢于与有理的一方为伍，
	就请随我从这刺丛上摘下一朵红玫瑰[2]。
	（摘下一朵红玫瑰）
沃里克	本人不喜欢带色的东西，故而
	丝毫不带曲意逢迎的色彩，
	随金雀花摘下这朵白玫瑰。
萨福克	我随年轻的萨默塞特摘下这朵红玫瑰，
	以此表明我认为他言之有理。
凡农	且慢，诸位大人绅士，先别摘取，
	大家得先达成一致：哪一方

---

1 白玫瑰：摩提默家族（理查为此家族后裔）的徽章，后为约克家族的徽章。
2 红玫瑰：兰开斯特家族的徽章。

	从这树上摘得的玫瑰数量少，
	就必须承认对方的主张合理。
萨默塞特	正派的凡农先生，这一点所言极是，
	如果我的数量少，我二话不说签字认输。
理查·金雀花	我也一样。
凡农	那么鉴于本案事实清楚无误，
	我这便摘下这朵洁白无瑕的花，
	裁定白玫瑰一方胜诉。
萨默塞特	你摘的时候可别刺破了指头，
	免得血流出来把白玫瑰染红，
	只好不情不愿地站到我这边。
凡农	如果我，大人，因为己见而流血，
	公论自会医治好我的伤口，
	使我依然站在原来的一边。
萨默塞特	好，好，来呀，还有谁？
律师	除非我学的和书上写的都不靠谱，
	（对萨默塞特）否则你的主张于法就是错误；
	因此我也摘一朵白玫瑰表明我的态度。
理查·金雀花	嗨，萨默塞特，你的论据呢？
萨默塞特	在我这剑鞘里，正琢磨着
	把你的白玫瑰染成血红呢。
理查·金雀花	此刻你的脸蛋也像我们的玫瑰：
	因为看见真理在我们这一边，
	而吓得白惨惨。
萨默塞特	非也，金雀花，
	不是吓白的，是气白的，瞧你那腮帮子
	羞红得跟我们的玫瑰全无二致，

可你还舌头硬，执迷妄意。

理查·金雀花	你的玫瑰不是害溃疡病了吗，萨默塞特？
萨默塞特	你的玫瑰不是长刺了吗，金雀花？
理查·金雀花	长了，又尖又利，为的是维护其真理， 而你毁灭性的溃疡病要吞噬它的谬义。
萨默塞特	哼，我自会找到朋友来佩戴我的滴血玫瑰， 在虚伪的金雀花不敢现眼之地， 他们将坚称我所说的句句属实。
理查·金雀花	瞧，凭着我手中这朵无瑕的花， 我蔑视你和你的同伙，你这不知好歹的傻瓜。
萨福克	你的蔑视可别冲这边儿，金雀花。
理查·金雀花	自大的波尔，我偏要，蔑视他和你。
萨福克	我要把你损我的这番话塞回你喉咙里去。
萨默塞特	走吧，走吧，正直的威廉·德拉波尔， 我们跟这个自耕农费口舌未免抬举了他。
沃里克	喂，凭上帝的旨意，你冤枉了他，萨默塞特： 他祖上[1]可是克拉伦斯公爵莱昂内尔—— 英格兰国王爱德华三世的第三子。 没有功名的自耕农生自这么深厚的根基？
理查·金雀花	他仗着这块地荫庇才敢如此放肆， 否则他这懦弱的人儿哪敢这般言语。
萨默塞特	凭着造我的上帝，在基督教国度 任何一块土地上我都会捍卫我的言辞。 你的父亲，剑桥伯爵理查，难道不是 在先王朝因为犯了叛逆大罪而被处死？

---

1 祖上（grandfather）：实为外高祖父。

      他的叛逆难道不是招致你被褫夺权利，

      将你们血统玷污，被从古老士绅之列逐出？

      他的罪愆在你的血液里还遗留着余辜，

      你的名分不恢复，你就是自耕农一族。

理查·金雀花 先父是遭到了拘捕，而非褫夺权利，

      虽因叛逆罪而身死，却决非叛逆之徒，

      一旦天遂我愿，时机成熟，

      我将向萨默塞特之上的人证明这一切。

      至于你的党羽波尔和你自己，

      我会在我的备忘录里给你们记上一笔，

      让你们为今天这番话付出代价。

      好好等着瞧，届时可别说我没警告你俩。

萨默塞特 哈，你会发现我们随时恭候着你，

      看看这些颜色你就知道谁是你的仇敌，

      我的朋友将佩戴这些以示对你的鄙夷。

理查·金雀花 凭我的灵魂起誓，这朵洁白而愤怒的玫瑰，

      作为我血海深仇的铭记，

      我和追随我的人都会永远佩戴，

      直到它枯萎随我进入我的坟冢，

      或盛放着陪我登上权力的巅峰。

萨福克   那你就勇往直前，让你的野心把你窒息，

      就此别过，后会有期。   下

萨默塞特 我随你一起走，波尔。——再会，野心勃勃的理查。 下

理查·金雀花 遭受这般污辱我还必须忍气吞声！

沃里克   他们诬蔑您家族的那个污名，

      在为调停温切斯特与格洛斯特之争

      而召开的下一次议会上将洗刷一清。

如果到那时您不能受封为约克公爵，
我就死也不要沃里克伯爵这个爵位。
同时，为了表示我对您的爱戴，
对傲慢的萨默塞特和威廉·波尔的仇视，
我将戴上这朵玫瑰加入您的阵营。
而且我在此预言：今天这场唇枪舌剑，
在圣殿花园造成的这派系对峙，
将把卷入红玫瑰和白玫瑰两边
无尽的灵魂送入死地和死一般的黑暗。

理查·金雀花　　正直的凡农先生，我很感激你，
　　　　　　　　没想到你会摘一朵花给予我支持。

凡农　　　　　为了支持您，我会一直将它戴在胸前。

律师　　　　　我也一样。

理查·金雀花　　多谢了，诸位先生。
　　　　　　　　来，咱们四位共进晚餐，我敢断言
　　　　　　　　这场争端总有闹到饮血不可的一天。　　　　众人下

第五场 / 第八景

伦敦塔

摩提默乘担架由狱卒抬上

摩提默　　　　照看我这衰朽残年的好心人，
　　　　　　　　让垂死的摩提默在此歇息下。
　　　　　　　　好比刚从肢刑架上拖下来的人一般，

我因为长期监禁四肢同样不听使唤。

而这一头灰白头发，便是死神的信差，

涅斯托耳[1] 般老态，又赶上忧患的时代，

昭示着埃德蒙·摩提默大限就要到来。

这双眼睛，就像油已耗尽的灯，

越来越昏暗，眼看就要熄灭。

虚弱的双肩，已不堪悲苦的重负，

无力的两臂，如同一根枯藤，

干枯的枝丫已垂落至地。

而这双脚，虽已麻痹乏力，

支撑不起我这副泥土之躯，

却恨不能生出翅膀迅速奔向坟地，

好像知道我除了死亡已别无慰藉。

请告诉我，看守，我外甥会来吗？

狱卒甲　　大人，理查·金雀花会来的，

我们派人去了圣殿，去了他的住处，

已经得到了回话，说他一准儿会来。

摩提默　　这就够了，我也就心满意足了。

可怜的君子呀，他蒙的冤和我不相上下。

自从亨利·蒙茅斯[2] 登基当朝伊始，

我军功赫赫，犯了功高盖主之大忌，

便被打入这可恶的牢狱，直到今日。

也正是从那时起理查被贬为了庶民，

1　涅斯托耳（Nestor）：特洛伊战争中希腊将领中最年长者，以智慧著称。

2　亨利·蒙茅斯（Henry Monmouth）：即亨利五世，因出生于靠近英格兰边境的威尔士南部小
　　城蒙茅斯而得此别号。

　　　　　　　革除了世袭封号，剥夺了祖传遗产。
　　　　　　　不过现在，人间绝望的仲裁人，
　　　　　　　公正的死神，尘世苦难的仁慈判官，
　　　　　　　就要把我从这里好心地解脱出去；
　　　　　　　我希望他的 [1] 麻烦也同样到此结束，
　　　　　　　这样他所失去的便有望得到恢复。

理查·金雀花上

狱卒甲　　　大人，您孝顺的外甥此刻已经来了。

摩提默　　　理查·金雀花，我的朋友，他来了？

理查·金雀花　唉，尊贵的舅舅，受了如此委屈。
　　　　　　　您的外甥，近来饱受鄙视的理查来了。

摩提默　　　扶着我的胳膊让我搂住他的脖子，
　　　　　　　叫我在他怀里喘完最后一口气。
　　　　　　　噢，我的嘴唇碰到他脸颊时告诉我一声。
　　　　　　　好让我这做亲人的送上一个无力的吻。（拥抱理查）
　　　　　　　现在说说吧，约克这株大树上长出的嫩茎，
　　　　　　　你刚才为什么说你近来饱受鄙视？

理查·金雀花　不忙，您先把您衰老的脊背靠在我胳膊上。
　　　　　　　您舒服了，我再把我的不舒服 [2] 对您讲。
　　　　　　　今天就一桩事展开辩论时，
　　　　　　　萨默塞特和我有些争执。
　　　　　　　争执中他竟然口无遮拦，
　　　　　　　利用家父之死向我发难，
　　　　　　　这毁谤钳住了我的口舌，

1　他的：即理查的。
2　不舒服：原文为 disease，读作 dis-ease。

　　　　　　　　害得我不能以同样的话回他。
　　　　　　　　所以，好舅舅，看在家父的分上，
　　　　　　　　为了纪念一个堂堂正正的金雀花，
　　　　　　　　也为了亲戚之谊，还请您跟我说说
　　　　　　　　家父剑桥伯爵丢掉脑袋的前因后果。

摩提默　　　贤外甥，那个将我打入大牢，
　　　　　　　　贻误了我整个花样年华，
　　　　　　　　在龌龊的牢狱中憔悴终老的理由，
　　　　　　　　也正是他蒙冤而死的该死的借口。

理查·金雀花　请您把个中缘由详细说说，
　　　　　　　　因为我一无所知，没法猜度。

摩提默　　　我会说的，只要我这残喘还允许，
　　　　　　　　只要死神在我讲完前不来此地。
　　　　　　　　亨利四世，也就是当今王上的祖父，
　　　　　　　　废黜了他的堂兄理查 [1]——爱德华之子，
　　　　　　　　长子兼先王爱德华三世的
　　　　　　　　合法继承人，第三代嫡嗣。
　　　　　　　　他在位期间北方的潘西父子 [2]，
　　　　　　　　对于他的篡位极为不服，
　　　　　　　　竭力劝我进位道寡称孤。

1　堂兄理查（nephew Richard）：nephew 表示"亲戚"（此处指"堂兄"）；理查，即爱德华三世（Edward III）之子理查二世（Richard II）；其遭废黜之事被写进了《理查二世》（*Richard II*）。——原注；注意原注及原文均有误：理查二世并非爱德华三世之子，而系其长子"黑太子"爱德华（Edward, the Black Prince）之次子，故原文"长子"之说亦有误。理查的父兄死在爱德华三世之前，故理查成为爱德华三世的第一顺位继承人。——译者附注
2　潘西父子（Percies）：亨利·潘西（Henry Percy），诺森伯兰伯爵（Earl of Northumberland），和他的儿子（绰号"热刺"[Hotspur]）；这些事件被写进了《亨利四世》上、下篇。

这些军界大员所以如此，

理由是——理查王年纪轻轻遭黜，

没有留下亲生子嗣继立——

论血统出身我是次顺位继承人：

因为从我母亲¹那一脉而论，

我是爱德华三世的第三子

克拉伦斯公爵莱昂内尔的后裔；

而今王虽实出冈特的约翰²那一支，

可不过是在那英雄家系行四。

不过听着：在他们不遗余力

扶植合法继承人这一壮举中，

我失去了自由，他们则丢掉了性命。

事隔很久以后，亨利五世

继其父波林勃洛克³登了基，

你的父亲，当年的剑桥伯爵，源出

大名鼎鼎的约克公爵埃德蒙·兰利，

他娶了我姐姐，也就是你生身之母，

此时又可怜我的悲惨际遇，

于是再度起兵，想把我救出

并扶保我登上王位加冕称制；

可一如他人，这位高贵的伯爵也失利

而被斩了首。就这样摩提默家族，

---

1 母亲（mother）：实系其祖母，克拉伦斯公爵之女；这个埃德蒙·摩提默可能是与其同名的
  叔父搞混了，不过 mother 亦可作"女性祖先"解。
2 冈特的约翰（John of Gaunt）：爱德华三世的第四子。
3 波林勃洛克（Bullingbrook）：亨利四世加冕之前的称谓。

	王位继承权旁落，被打压了下去。
理查·金雀花	而其中，大人，您就是最后一位。
摩提默	没错，而且你看我没有子嗣， 我说话有气无力，看来是必死无疑； 你是我的继承人；他事你好自为之， 不过你勤勉谋事当小心翼翼才是。
理查·金雀花	您语重心长的告诫我自当牢记， 不过依我看，家父被处以极刑 简直就是血腥的暴政。
摩提默	不可乱语，外甥，你要小心行事。 兰开斯特家族已经根深蒂固， 就像一座大山，难以移除。 而现在你舅父就要离开此世， 就像王公们在一个地方久居， 腻味了要离开宫殿一样而已。
理查·金雀花	啊，舅舅，只要能替您益寿延年， 就算拿我部分青春去换，我也心甘情愿。
摩提默	那你可就是害我了，就像刽子手一样 明明可以一刀毙命，偏偏要多捅上几刀。 莫要悲伤，除非你悲痛能为我增加荣光， 只要你料理一下我的后事把我埋葬。 就此永别了，愿你诸愿得遂， 无论和平还是战争，一生吉祥顺利！（死）
理查·金雀花	愿您逝去的灵魂尽享和平，没有战争！ 您在监狱里走完了一场苦旅， 隐士似的打发尽自己的日子。 唉，我要把他的忠告锁在心里，

我所幻想的事，先放下休提。
二位看守，把他抬走吧，我要亲自
督办他的丧事，保证比他生前风光。

　　　　　　二狱卒抬着摩提默的遗体同下
摩提默的昏黄火炬就这样没了生气，
让那些卑贱之徒的野心给活活窒息。
至于萨默塞特加诸我们家族
的那些冤屈，那些无情凌辱，
我无疑要体面地去一并雪洗，
所以我要赶紧赶到议会里去，
就算不能恢复我世袭的权利，
也要把这冤屈变成有利工具。　　　　　下

第三幕

第一场 / 第九景

伦敦议会大厦

喇叭奏花腔。国王亨利六世、埃克塞特、格洛斯特、温切斯特主教、沃里克、
萨默塞特、萨福克、理查·金雀花上。格洛斯特拟呈上一份诉状；温切斯特
一把抢过撕毁

温切斯特　　你此来可是预先下足了工夫？

挖空心思炮制了这么多状子？

格洛斯特的汉弗莱，你要是能状告，

或者想给我安上什么罪名的话，

就别瞎编，张口就来呀；

就像我当场不假思索讲话

来应对你做的每一项告发。

格洛斯特　　嚣张的教士，若非此地不得造次，

定叫你看看侮辱我有什么果子吃。

不要以为，我以我所喜欢的形式

将你犯的种种滔天恶行诉诸文字，

就可以说我是凭空捏造，也切勿

以为我形诸笔端的东西无法口述；

错了，主教；你狗胆包天，斑斑劣迹，

卑鄙下流，阴险毒辣，寻衅滋事，

婴孩儿张口闭口都是你的跋扈骄恣。

你高利盘剥[1]，心肠之黑更无人能及，
打娘胎里就性情刚愎，无端生事；
你成天寻花问柳，荒淫无度，
与你的职业、地位实在是太不相符；
至于你的阴险，岂不是一目了然？
你在伦敦桥上和伦敦塔中，几次三番
设下圈套企图取我的性命。
此外，我恐怕，若把你的心思细加剖析，
国王，你的主上，也难免
遭到你恶性膨胀的狼子野心暗算。

温切斯特　格洛斯特，我可不怕你一派胡言。诸位大人，还乞
诸位垂听一下我下面的答辩。
倘若我贪婪、刚愎、野心勃勃，
一如他所说，我何以如此窘迫？
我不求升迁，而是恪守现职，
这又该做何解释？
说我无端生事，谁爱好和平
比我更甚？——若不是我受到挑衅。
不，我的诸位好大人，开罪人的与这无干；
让这位公爵火冒三丈的不是这一点；
而是因为，除了他谁都甭想说了算；
除了他，谁都甭想接近王上的身边；
正是这个原因引爆了他胸中的雷霆，
才让他声嘶力竭地吼出了这些指控。
不过他理应知道我同样也是——

1　高利盘剥：除指放高利贷之外，还指其利用在萨瑟克区出租土地和压榨妓院敛财。

格洛斯特	也是？
	你不过是我祖父的私生子[1]！
温切斯特	是，高贵的大人；你算老几，我请问，
	不过是仗着别人的王座过一回帝王瘾！
格洛斯特	难道我不是护国公吗，傲慢的教士？
温切斯特	难道我不是教会的高级教士？
格洛斯特	是的，恰似逃犯据守城堡一隅，
	借以保护自己的赃物而已。
温切斯特	好你个不敬神明的格洛斯特。
格洛斯特	你敬畏神明
	是在履行神职时，而不是你一贯生活作风。
温切斯特	罗马[2]不会袖手旁观的。
沃里克	那你骑着骡马去好了。
	（对格洛斯特）我的大人，您应该克制一点才是。
萨默塞特	对，不能让主教下不来台。
	（对温切斯特）我觉得大人您应该虔诚一些，
	懂得信奉宗教者的本分所在。
沃里克	我觉得大人他应该多加谦逊：
	这样辩论有失主教的身份。
萨默塞特	对，如此密切触及他的神圣地位时。
沃里克	地位神圣不神圣，有什么关系？
	难道公爵大人不是王上的护国公吗？
理查·金雀花	（旁白）金雀花，我看，你还是闭嘴为妙，

---

1 私生子：温切斯特系冈特的约翰与凯瑟琳·斯温福德（Catherine Swynford，后被冈特娶为妻）的私生子。

2 罗马：即罗马教皇。

　　　　　　　　省得人家说"小子，该你开口时再说不晚：
　　　　　　　　爵爷们说话，你非得大胆插嘴打岔不成？"
　　　　　　　　不然的话，我定要炮轰温切斯特一番。
亨利六世　　格洛斯特叔父，温切斯特叔祖，
　　　　　　　　你们都是我大英国的拱卫柱石，
　　　　　　　　我愿恳劝二位，倘若祈愿济事，
　　　　　　　　恳劝二位同心同德，和衷共济。
　　　　　　　　啊，这是本朝何等的耻辱，
　　　　　　　　二位如此贵胄居然都发生冲突！
　　　　　　　　相信我，贤卿，虽然我年纪尚轻[1]，
　　　　　　　　但我深知内部失和乃是一条毒虫，
　　　　　　　　会把这王国的五脏六腑啃噬一空。

幕内喧哗声："打倒褐衣帮[2]！"

　　　　　　　　这乱糟糟的是怎么回事儿？
沃里克　　　是骚动，我敢保证。
　　　　　　　　主教的家丁心怀不轨挑起事端。

喧哗声又起："石子儿！石子儿！"伦敦市长上

市长　　　　啊，我的列位好大人呀，还有贤明的亨利陛下，
　　　　　　　　可怜可怜伦敦这个城市，可怜可怜我们吧！
　　　　　　　　主教和格洛斯特公爵的家丁，
　　　　　　　　近来严禁携带任何兵器，
　　　　　　　　他们就揣了满口袋的石子儿，
　　　　　　　　各自纠集一帮人拉开阵势，
　　　　　　　　朝着对方的脑袋一通猛掷，

1　年纪尚轻：据史料，亨利六世在父亲晏驾时还是个婴儿，在这场纠纷发生时只有五岁。
2　褐衣帮：即教会的教职人员，温切斯特的支持者。

很多人糨糊一样的脑浆都砸了出来，

每条街上窗户都砸得粉碎，

所有铺子全都吓得关了门。

双方家丁混战着头破血流上

亨利六世　　尔等既是效忠于朕，朕命尔等

住手，停止杀戮，维持和平。

格洛斯特叔父，请你平息这场纷争。

家丁甲　　休想，不让我们用石子儿，我们就改用牙齿。

家丁乙　　你们有胆就放马过来，我们奉陪到底。

混战又起

格洛斯特　　我家的弟兄，不得如此放肆，

休要参与这场粗野的打斗。

家丁丙　　我的大人，我等知道大人为人

公正正直；而且贵为王室出身，

除了国王陛下，不亚于任何人；

我等决不许这样一位正人君子，

王国子民如此宅心仁厚的慈父，

受到一个小小抄写员的羞辱，

我等愿率妻儿老小为您出气，

纵是横尸敌人刀下也在所不辞。

家丁甲　　对，就是我们阵亡后剪下来的指甲，

也将化作铜墙铁壁，金戈铁马。

重新混战

格洛斯特　　住手，住手，听见没有！

若你们如嘴上所说，爱戴我的话，

就请听从我的劝，暂且忍耐一下。

亨利六世　　啊，这不和叫我心好不难受！

      我的温切斯特贤卿，你眼见

      我叹息涕泪就不能发一回慈悲？

      你若都无哀怜意，还能指望谁？

      谁又还会有心要去向往和平，

      若连神圣的教士都乐于纷争？

沃里克   算了吧，我的护国公大人，算了吧，温切斯特；

      难道你们要一意孤行，顽抗到底，

      气死你们的主上，断送了江山社稷？

      二位看看，你们彼此敌视，

      酿成了多少祸端，害死了多少无辜；

      若非嗜饮鲜血，就请和睦相处。

温切斯特 得他先屈服，否则我决不让步。

格洛斯特 出于对国王的同情不由我不顺服；

      否则我早已把这个教士的心剜出，

      岂会还等到他来占我这样的便宜。

沃里克   瞧，我的温切斯特大人，公爵

      愤愤不满的怒气已经平息，

      他那舒展的眉头一望便知。

      您为何还要如此严肃悲苦？

格洛斯特 来，温切斯特，我跟你握手言和。（温切斯特扭头拒绝）

亨利六世 （对温切斯特）呸，博福特叔祖！我听您讲道时

      说怨恨乃是最最严重的罪恶；

      难道您教导的自己非但不能躬行，

      反倒要带头去明知故犯不成？

沃里克   亲爱的王上，主教给好好地上了一课。

      知羞吧，我的温切斯特大人，平和些吧；

      怎么，难道还要一个孩子来教你怎么做人吗？

温切斯特	好吧，格洛斯特公爵，我向你让步；
	来而不往非礼也，你讲情我也讲义。
格洛斯特	（旁白）唉，我只怕这都是虚情假意。——
	（对其余人）诸位朋友和亲爱的同胞，请看这里，
	我们两人握手，相当于一面休战旗，
	表明我们及我们随从之间已经言和；
	上帝明察：我绝对没有弄虚作假。
温切斯特	上帝明察，——（旁白）这绝非我的真实想法。
亨利六世	啊，亲爱的叔祖，善良的格洛斯特公爵，
	你们这一和解，真叫我无比愉悦！——
	散了吧，尔等，别再给朕添乱；
	要友好相处，像你们老爷一般。
家丁甲	好；我去找个大夫疗疗伤。
家丁乙	我也一样。
家丁丙	我上酒馆去看看都有什么药。　　　市长及众家丁同下
沃里克	至高无上的王上，这儿有一卷奏章，
	事关理查·金雀花的权利，
	特此呈上，恳请陛下阅示。
格洛斯特	奏得好，我的沃里克大人——因为亲爱的王上，
	陛下若能对细节细作端详，
	尤其是为臣在埃尔特姆宫
	已经奏明陛下的那些情况，
	便会觉得完全应该还理查一个公道。
亨利六世	那些情况，叔父，很有说服力；
	所以，众位爱卿，朕乐意
	恢复理查的身份和权利。
沃里克	恢复理查的身份和权利吧；

	他父亲蒙受的冤屈也应一并昭雪。
温切斯特	大家都同意，那我温切斯特也没有异议。
亨利六世	只要理查你真心效忠，不止于此， 连同你祖上约克家族 所留下来的全部遗产， 朕也将通通一并奉还。
理查·金雀花	您的贱仆立誓效忠， 鞠躬尽瘁，死而后已。
亨利六世	那好，你且过来跪在朕脚前，（理查跪地） 为了褒奖你的忠顺之心， 朕授予你约克的这把利剑； 平身吧，理查，做一个真正的金雀花， 你已被我册封为王室宗亲约克公爵啦。
约克公爵理查	（金雀花自此唤作约克公爵理查） 理查如此一兴，您的敌人可要覆亡， 微臣当恪尽职守，全力以赴， 将对陛下衔恨的人彻底铲除！
众	欢迎您，高贵的王亲，伟大的约克公爵！
萨默塞特	（旁白）去死吧，下贱的王亲，卑鄙的约克公爵！
格洛斯特	现在正是陛下渡海去法兰西 举行加冕大典的绝好时机： 国王驾临可以激发起臣民 及其忠实朋友的爱戴之心， 同时可以打击敌人的士气。
亨利六世	只要格洛斯特开口，亨利王一概准奏； 因为忠友之言可以断绝许多仇敌之患。
格洛斯特	您的船队已经备妥。

仪仗号。喇叭奏花腔　　　　　　　　　　　　　　　除埃克塞特外，众人下

埃克塞特　　唉，我们可以在英格兰或法兰西驰骋纵横，

但接下来会怎样却看不清。

近来贵族间生出的这场不和，

在假意友爱的余烬下燃烧，

终有一日会爆发成熊熊大火；

恰似感染的四肢一步步溃烂，

末了骨头肌肉都会脱落一般，

这卑鄙恶斗会酿成同样苦果。

回想亨利五世在位的那些年，

每一个乳臭未干的婴孩嘴边

念叨的那要命预言如今怕要应验：

生于蒙茅斯的亨利[1]将无往不利，

生于温莎的亨利[2]则将一败涂地。

这苗头已这般明显，埃克塞特我真愿

在那倒霉时日到来前一命呜呼赴黄泉。　　　　　　　　　　　下

1　蒙茅斯的亨利：即亨利五世。

2　温莎的亨利：即亨利六世。

<h1 style="text-align:center">第二场 / 第十景</h1>

鲁昂 [1]

少女贞德乔装上，四名法军兵士背着麻袋随上

少女　　　这就是城门，鲁昂的城门，
　　　　　我们的计谋是必须从这里突破。
　　　　　注意，说话时务必要小心谨慎：
　　　　　说话要像赶集人那样土里土气，
　　　　　让人觉得你们是卖粮换钱来的。
　　　　　要是我们能混进去，但愿如此，
　　　　　而且发现岗哨懒散，戒备不严，
　　　　　我就发信号通知我们的友军，
　　　　　好让查理王储前来攻打他们。

兵士甲　　这座城将成为我们麻袋的囊中之物，
　　　　　鲁昂城从此就要由我们来当家做主。
　　　　　所以，我们这就敲门去。（他们敲门）

城门守卒　（幕内）谁呀？[2]

少女　　　种田人，法兰西的穷苦人，[3]
　　　　　进城赶集卖粮的可怜人。

城门守卒　（开门）进来，进来吧；开市钟已经敲过了。

少女　　　好了，鲁昂，我要把你的堡垒夷为平地。　　　　众人下

查理、奥尔良私生子、阿朗松、雷尼耶率军队上

1　鲁昂（Rouen）：塞纳河（River Seine）上一法国城镇，位于勒阿弗尔（Le Havre）和巴黎之间。
2　本行原文为法语：*Qui là?*——译者附注
3　本行原文为法语：*Paysans, la pauvre gens de France*。——译者附注

查理	圣但尼保佑这个妙计吧！
	我们又可以在鲁昂城里放心睡大觉啦。
私生子	少女带她那伙人从这里进了去；
	现在她进了城，怎么告诉我们
	从这里进去才最好最安全呢？
雷尼耶	她会在那边塔楼上伸出一把火炬，
	一见火炬，便可以明白她的意思：
	她进去的路线是戒备最为薄弱的。

少女贞德出现在高台上，伸出一把熊熊燃烧的火炬

少女	瞧，这是一把幸福的婚礼火炬[1]，
	它将鲁昂城与她的同胞们连在一起，
	而把塔尔博特一干人等统统烧死！
私生子	看，尊贵的查理，我们朋友的信号：
	火炬在那边的塔楼上正熊熊燃烧。
查理	愿它像复仇的彗星一样闪耀，
	成为我们敌人统统覆灭的预兆！
雷尼耶	事不宜迟，贻误必生祸患；
	马上进去高呼"王储驾到！"
	然后把站岗的哨兵干掉。

警号。众人下

一阵警号声。塔尔博特于厮杀中上

塔尔博特	法兰西，你会为这一背叛痛悔流涕，
	只要塔尔博特活着逃过这奸计。
	少女，那女巫，那该死的邪女，
	趁我不备使出这一险恶的招数，

---

1 婚礼火炬（wedding torch）：希腊罗马神话中的婚姻之神许门（Hymen），传统上被描绘成手执一熊熊燃烧的火炬的形象。

好容易我们才逃过法兰西骄兵的袭击。　　　　　　　　下

一阵警号声；过场交战。贝德福德病卧担架由人抬上。塔尔博特与勃艮第上至
主台；少女贞德、查理、奥尔良私生子、阿朗松与雷尼耶上至代表城墙的高台

少女	早安，众位公子！要麦子做面包不？
	我想勃艮第公爵宁肯饿肚子，
	也不会再出这么高的价买入。
	里面全是稗子；味道可如你们的意？
勃艮第	尽管笑吧，卑鄙的魔鬼，不要脸的婊子，
	我相信不多久就会用你自己的面包把你噎死，
	反倒叫你诅咒起收获的那批粮食。
查理	只怕殿下等不到那时就饿死了。
贝德福德	得了，别啰唆了，用行动，报复这次背叛。
少女	你想怎么样，白胡子老头儿？拿起长枪
	躺在担架上跟死神比试一场？
塔尔博特	法兰西的恶魔，歹毒的女巫，
	你周围那一群淫荡的奸夫！
	你好意思嘲弄他英雄迟暮，
	懦弱地把一个半死人挖苦？
	女娃子，我要与你再大战一次 [1]，
	不然，我塔尔博特会抱恨而死。
少女	您这么猴急 [2]，先生？不过，姑娘，你可要安生，
	塔尔博特一发雷霆，必有大雨随行。

英方聚首悄声计议

　　　　　　上帝助你们快点儿开会；谁来做议长？

---

1 大战一次：含"做爱"之意。
2 猴急：含"在性事方面急不可耐"之意。

塔尔博特	你们敢前来迎战我们吗？
少女	想必阁下把我们当成了傻子，
	还要检验一下自家东西归谁所属。
塔尔博特	我没跟那个满口恶言的赫卡忒[1]说话，
	而是跟你，阿朗松，还有其余人等。
	你们可肯像军人一样过来一决雌雄？
阿朗松	大人，不肯。
塔尔博特	大人，该死！法兰西下贱的骡夫！
	他们像跑腿的乡巴佬一样据城为防，
	没有胆量像爷们儿一样抄起家伙打仗。
少女	走吧，诸位将校，咱们撤下城墙，
	看那样子塔尔博特怕是居心不良。
	后会有期，大人，我们来不过是要告诉你
	我们占据了这里。

众人自城墙上下

塔尔博特	我们也会占据那里，用不了多时，
	否则就有辱塔尔博特的赫赫威名。
	起誓，勃艮第，以你们家族的名誉，
	以在法兰西当众受到的屈辱鞭策自己，
	要么夺回这座城池，要么一死。
	至于我，正如英王亨利春秋正富，
	正如他的父亲曾将这里征服[2]，
	正如伟大的狮心王[3]把心脏埋在这座刚刚中计失去的城池，

---

1 赫卡忒（Hecate）：古典神话中的黑夜和冥界女神，也是女巫的守护神。

2 亨利五世曾于 1419 年包围并攻占鲁昂城。

3 狮心王（Coeur-de-lion）：即英王理查一世（Richard I），曾与一只狮子搏斗并掏出其心脏，遂得"狮心王"这一绰号；他曾要求将自己的心脏葬于鲁昂。

	这些全都是有目共睹的事实,
	我也发下铁誓：拼死也要夺回这座城池。
勃艮第	我的誓言和您的完全一致。
塔尔博特	不过我们进军前，得先安顿一下这位垂危的爵爷,
	英勇的贝德福德公爵。——（对贝德福德）来，大人,
	我们把您安顿到一个好点的地方,
	那地方更适合疗病颐养。
贝德福德	塔尔博特大人，别让我这样丢人现眼;
	我要坐在这鲁昂城墙前,
	与你们生死与共同苦甘。
勃艮第	英勇的贝德福德，还是请您听我们一劝。
贝德福德	决不离开此地；我曾在书中读过,
	顽强的彭德拉根[1]病中乘坐担架,
	上阵击败了自己的敌人。
	平日里老夫视兵士如手足,
	有老夫在，当能把士气鼓舞。
塔尔博特	奄奄一息的胸腔里还有这等大无畏的勇气!
	那就这样吧；愿老天保佑贝德福德老人家平安!
	别再磨叽了，勇敢的勃艮第,
	赶紧集合起我们的队伍,
	向咋咋呼呼的敌人发起攻击。 偕勃艮第与队伍下

一阵警号声；过场交战。约翰·福斯塔夫爵士与一队长上

队长	哪里去，约翰·福斯塔夫爵爷，这么匆忙？

---

1 彭德拉根：尤瑟·彭德拉根（Uther Pendragon），亚瑟王之父；此处所提及的这个故事在蒙茅斯的杰弗里（Geoffrey of Monmouth）所著的《不列颠诸王史》（*Historia Regnum Britanniae*）中有记述。

福斯塔夫	哪里去？逃跑保命才如此仓皇；
	我们怕是又要遭殃吃败仗。
队长	什么？您要脱逃，撇下塔尔博特大人？
福斯塔夫	对，管他塔尔博特不塔尔博特，逃命要紧。　　　　　下
队长	懦弱的骑士，愿你厄运缠身！　　　　　　　　　　　下

收兵号；过场交战。少女贞德、阿朗松与查理溃逃

贝德福德	此刻，平静的灵魂，顺乎天意离去吧，
	我已经看到我们的敌人一败涂地。
	愚夫之勇，蠢汉之恃，何足挂齿？
	他们刚才还有恃无恐，取笑讥讽，
	转眼之间便只求一逃，但保小命。

贝德福德死，在担架上由两人抬入。

一阵警号声。塔尔博特、勃艮第及余部英军兵士上

塔尔博特	失而复得，未出一日！
	这是双倍的荣誉，勃艮第；
	不过这次胜利的荣耀属于上天。
勃艮第	骁勇善战的塔尔博特，勃艮第，
	把您铭记在心里，您的丰功伟绩，
	将如一座英雄纪念碑矗立在那里。
塔尔博特	过奖了，尊贵的公爵。可少女此刻躲到哪里去了？
	我想她使唤的老妖精准是睡着了。
	那个私生子的狂言，查理的嘲讽，此刻都哪里去了？
	什么，全蔫了？鲁昂城好不垂头丧气：
	这样一帮英雄好汉全都溜之大吉。
	现在我们要整顿一下城里的秩序，
	在这里安置一些得力的干将能吏，
	然后就开赴巴黎，觐见王上去，

	幼主亨利和他一帮贵胄都在那里。
勃艮第	塔尔博特大人心之所向，勃艮第欣然乐往。
塔尔博特	不过，出发之前，咱们可别忘记
	刚刚去世的尊贵的贝德福德公爵，
	须先在鲁昂把他的葬礼料理完毕。
	作为军人，他手持长枪英勇盖世，
	作为朝臣，他气度非凡无人能及。
	怎奈何王侯将相终归都会死去，
	因为此乃人类悲惨命运的结局。 众人下

第三场 / 第十一景

鲁昂附近
查理、奥尔良私生子、阿朗松、少女贞德及法军兵士若干上

少女	诸位亲贵，莫为这飞来之灾气馁，
	也莫为鲁昂城得而复失伤悲；
	既然事已至此，无可挽回，
	忧伤无济于事，反会更增憔悴。
	且让狂妄的塔尔博特得意一时，
	像孔雀似的拖着尾巴神气十足。
	只要王储和诸位都肯依计而行，
	就不愁拔不掉他的羽毛和尾翎。
查理	我们一直都在听从你的指引，

对你的智谋没生过半点疑心；
决不会一次失利就丧失信任。

私生子 开动你的脑筋出几个奇招来，
我们就会让你名扬四海。

阿朗松 我们会在神圣场所为你塑像，
把你当作圣徒一样崇拜。
所以，亲爱的姑娘，为我们费心吧。

少女 承蒙错爱，贞德这儿有一计：
凭借好言相劝，加上甜言蜜语，
我们要诱劝勃艮第公爵
背弃塔尔博特加入我们的行列。

查理 好，妙哉，亲爱的，此计得施，
法兰西便没有亨利将士的立足之地，
英国人也就休想对我们如此吹嘘，
只能乖乖地从我们各省区滚出去。

阿朗松 应将他们永远逐出法兰西，
不得在此享有伯爵采邑。

少女 列位大人看我如何施展本领
将此事如愿达成。

远处鼓声

听！从那鼓声列位不难觉察
他们的人马正在朝巴黎进发。

此处英军行军鼓声起

塔尔博特在那儿，他的旗帜迎风招展，
所有的英军都尾随在他后面。

此处法军行军鼓声起

殿后的是勃艮第公爵和他的队伍，

真是苍天垂怜，让他落在了后面。

快吹休战号；我们要跟他谈一谈。

喇叭吹奏休战号

查理 请勃艮第公爵休战谈判！

勃艮第率兵士上

勃艮第 谁要跟我勃艮第休战谈判？

少女 法兰西王储查理殿下，您的同胞。

勃艮第 你有什么话说，查理？我要行军赶路。

查理 你来说，少女，给他灌点儿迷魂汤。

少女 勇敢的勃艮第，法兰西真正的希望，

请留步，容奴婢把话对您讲。

勃艮第 快讲，不过别太婆婆妈妈。

少女 看看您的国土，看看富饶的法兰西，

再看看遭残忍的敌人无情蹂躏

而满目疮痍的那些个大城小镇，

就像母亲看她自己渺小的婴儿，

而死神就要合上他稚嫩的眼睛。

看，看看法兰西折磨人的病痛 [1]，

瞧那些伤口，那道道丧尽天良的伤口，

都是您亲手在她忧伤的胸口上所留。

啊，请把您的利剑掉转个方向，

去攻击伤害者，而不要伤害帮手。

自己祖国的胸膛上被刺出一滴血，

---

1 法兰西的病痛（malady of France）：双关语，兼具"梅毒"之意。——原注；有趣的是，"梅毒"在英语里俗称 the French disease（法国病），而在法语里则俗称 la maladie anglaise（英国病）。——译者附注

比外国人血流成河更应让您心痛。

所以回头吧，用潮水般的眼泪，

洗刷掉自己祖国所蒙受的玷污吧。

勃艮第 不是她的这番话迷惑了我，

便是天性使我突然心软。

少女 还有，所有法国人，整个法兰西都在谴责您，

质疑您的出身，质疑您是不是合法的后人。

您投靠的不过是一个不可一世的民族，

若不是利益考虑，他们难道会信任您？

一旦塔尔博特在法兰西立住了足，

把您打造成那行凶作恶的工具，

到头来还不是英王亨利坐天下，

您能不被人家一脚踢出亡命天涯？

咱们回想一下，有件事足以证明：

奥尔良公爵不是您的仇人吗？

他不是当了俘虏在英国蹲大牢吗？

可他们一听说他是您的仇敌，

连赎金都没要就把他开释出狱，

根本就没把勃艮第您和您的朋友放在眼里。

您瞧瞧，您这是在与自己的同胞为敌，

而与您自己未来的刽子手们站在了一起。

来，来，回头吧；回头吧，迷途的大人，

查理和大家都会张开双臂欢迎您。

勃艮第 （旁白）我服了；她这番义正词严的话语，

有如呼啸的炮弹击中了我，

差点儿让我屈膝跪地。

原谅我，祖国，亲爱的同胞；

列位大人，请接受这衷心的拥抱。

我的人马全都任凭你们驱使。

别了，塔尔博特；我不再信任你。

少女　　　　（旁白）真不失为法国人做派：风吹两边倒。

查理　　　　欢迎，勇敢的公爵；你的友谊给我们注入了新的活力。

私生子　　　也让我们的心头产生了新的勇气。

阿朗松　　　这件事多亏少女的出色发挥，

送她一顶小金冠也当之无愧。

查理　　　　好，咱们继续前进，众位爱卿，将队伍合兵一处，

计议一下看咱们如何给敌人以痛击。　　　　　　　众人下

第四场　　　／　　　第十二景

法国巴黎

国王亨利六世、格洛斯特、温切斯特主教、理查·金雀花（现改称约克公爵）、萨福克、萨默塞特、沃里克、埃克塞特、凡农、巴西特等上。塔尔博特率军迎面上

塔尔博特　　仁慈的吾王陛下，列位尊贵的同僚，

欣闻诸位大驾光临此域，

在下便暂停下手头的战事，

特赶来向吾王陛下致礼；

为表敬意，这只手臂——

为您收复过五十个要塞、

十二座城市和七座铁桶般的镇子，

抓获过五百名高级俘虏——

将在下的剑放到陛下脚前，

并以拳拳的忠顺之心，

将微臣征服之功的荣耀

首先归于上帝，陛下其次。（跪地）

亨利六世　格洛斯特叔父，这位就是这么久以来

一直驻守法兰西的塔尔博特勋爵？

格洛斯特　正是，回禀陛下。

亨利六世　（对塔尔博特）欢迎，英勇的统帅，战无不胜的爵爷。

朕年幼时，当然朕现在也不老，

清楚记得父王曾经把你说起，

说你是一位所向无敌的卫士。

你忠心耿耿，恪尽职守，不辞军旅疲敝，

对此朕长久以来深信不疑。

而你还从未受到过朕的赏赐，

连感谢之辞也不曾听到一句，

因为直到现在朕才见你的面。

那就平身吧；（塔尔博特起身）为嘉奖这些功业，

朕特封你为什鲁斯伯里伯爵；

并准你参加朕的加冕典礼。

仪仗号。喇叭奏花腔　　　　　　　　　除凡农与巴西特外，众人下

凡农　喂，先生，我问你，渡海时你那般愤怒，

对我佩戴的这些向我尊贵的主人

约克大人表示敬意的花朵百般羞辱，

你还敢坚持先前说过的那些话吗？

巴西特　敢，先生，你鼓舌狂吠，

对我家主人萨默塞特公爵恣意侮辱，

你敢坚持不改口，我同样也不犯怵。

凡农　　　小子，你主人的人品只配我那般敬重。

巴西特　　嘿，他什么人品？一点儿也不比约克差。

凡农　　　你给我听好了，才不呢；为证实起见，吃我一拳。（打他）

巴西特　　王八蛋，你明知此地严禁舞刀弄剑，

违者立即问斩，要不然，

你揍我这一拳定叫你溅血偿还。

不过我要去觐见陛下，请求

他恩准我报这一拳之仇，

到时候我会让你好好吃吃苦头。

凡农　　　好啊，恶棍，你去见王上，我也马上去，

而且之后 [1] 我会比你更急于早些与你遭遇。　　　　　同下

1　之后：即获得国王动干戈的恩准之后。

第 四 幕

第一场 / 第十三景

国王亨利六世、格洛斯特、温切斯特主教、约克、萨福克、萨默塞特、沃里克、塔尔博特、巴黎总督与埃克塞特上

格洛斯特　　　主教大人，请为陛下加冕。

温切斯特　　　（给亨利王加冕）上帝保佑吾王亨利六世！

格洛斯特　　　来，巴黎总督，你来宣誓，

　　　　　　　　　除陛下外不拥戴任何人为君王；

　　　　　　　　　除陛下之友外不视任何人为友，

　　　　　　　　　除对陛下谋逆篡国者外不视任何人为敌。

　　　　　　　　　这些你须谨遵恪守，正义的上帝佑助你！

福斯塔夫上

福斯塔夫　　　仁慈的吾王陛下，我骑马从加来

　　　　　　　　　匆匆赶来参加陛下加冕大典的路上，

　　　　　　　　　有一封信递到了我手上，（出示信）

　　　　　　　　　是勃艮第公爵写给陛下的。

塔尔博特　　　勃艮第公爵和你简直恬不知耻！

　　　　　　　　　我发过誓，卑鄙的骑士，下次碰到你，

　　　　　　　　　定把嘉德绶带[1]从你这懦夫腿上扯下来，（扯下绶带）

　　　　　　　　　现在我已做到，因为你不配

1　嘉德绶带（Garter）：英国骑士最高勋位嘉德勋位的标志，绶带由蓝、金二色组成，系于左膝下面。

享有那么高的地位。
原谅我，亨利陛下，还有诸位；
这个怕死鬼，帕泰之战，
我军兵力统共也就六千，
法军兵力则近十倍于我，
双方还没交手，一击还未发起，
他便像个忠实的扈从逃之夭夭；
这一仗我军折损一千二百人。
我本人和另外好几位将领
都遭到突然袭击做了俘虏。
那你们断断，诸位大人，是我做错了，
还是这样的懦夫应该佩戴
这个骑士绶带；我不对，还是他不该？

格洛斯特　说实话，这样的行径很不光彩，
就算是平头百姓也不应干出这种事来，
更何况是一名骑士，一个领兵的将帅。

塔尔博特　嘉德勋位设立之初，诸位大人，
获此勋位的骑士个个出身名门，
义勇刚烈，豪气干云，
久经沙场战阵，建下不世功勋；
既不畏死，也不知难而退，
纵临绝境，也总是志坚无悔。
因此，凡不具备这种品质，
却僭取骑士这神圣名誉之徒，
便是对这一至尊勋位的亵渎，
这种人应该，若我可以论处，
像对待冒充名门的村野粪夫，

狠狠地加以贬黜。

亨利六世　　国人的耻辱，听候对你的处置：

兹革去你骑士头衔，永远放逐；

卷铺盖滚蛋，违则以死罪论处。　　　　　　　　福斯塔夫下

现在，护国公大人，你看一看

朕舅父勃艮第公爵送来的书函。

格洛斯特　　殿下他是什么意思，改了称呼？

劈头盖脑地来了这么个"致王"？

莫非他忘了陛下乃自己的主上？

还是这粗鲁不恭的抬头暗示

他已心生倒戈反叛之意？

这写的什么呀？——（念信）"本人鉴于特殊缘故，

深感于本国兵燹之苦，

尔等的压迫荼毒，

已经令民怨哀积，

兹决定弃暗投明，

加入法兰西合法国王查理的阵营。"

啊，无耻至极的叛变！竟有这等事？

说什么联盟，亲善，誓言，

居然会有这样的狡诈欺骗！

亨利六世　　什么？朕的舅父勃艮第反了？

格洛斯特　　他反了，陛下，与您为敌。

亨利六世　　这是信里最坏的话了吧？

格洛斯特　　是最坏的，陛下，他总共也就写了这么多。

亨利六世　　那就有劳塔尔博特大人去会会他，

对这种欺君之举给他一点惩罚。

你意下如何，贤卿？你不愿意？

塔尔博特	愿意，陛下；若不是您谕旨在先，
	为臣早已主动请缨出战。
亨利六世	那就集结队伍马上去征讨他；
	让他明白对他的背信弃义朕决不轻饶，
	叫他知道愚弄自己朋友这罪过可不小。
塔尔博特	我这便去，陛下，衷心希望此番上阵，
	您能一如既往看到敌人溃不成军。 下

凡农与巴西特上

凡农	请恩准我决斗，仁慈的王上。
巴西特	还有我，陛下，也请恩准我决斗。
约克公爵理查	（指着凡农）这是我的仆从；依了他，尊贵的君王。
萨默塞特	（指着巴西特）这是我的仆从，亲爱的亨利，恩准他。
亨利六世	少安毋躁，二位爱卿，且听他们把话说完。
	说，二位，缘何如此大嚷大叫，
	缘何要求决斗，跟何人决斗？
凡农	跟他，陛下，因为他冤屈了我。
巴西特	我跟他决斗，因为他冤屈了我。
亨利六世	你俩都喊冤叫屈，这冤屈从何而生？
	先说与朕听听，朕再答复你等。
巴西特	从英格兰渡海来法兰西时，
	这家伙用他恶毒挑事的舌头，
	骂我佩戴的这朵玫瑰，
	说什么花瓣那血红的颜色
	代表了我家主人羞红的脸，
	他在约克公爵与我家主人

争执的一个法律问题[1]上
强词夺理，颠倒黑白；
还说了一堆卑鄙无耻的话。
为了驳斥他那些无端诋毁，
捍卫我家老爷的名誉地位，
我请求动用武器的特权。

凡农　　　　　那也正是我要请求的，尊贵的陛下；
虽然他一番花言巧语表面上
把自己的险恶居心说得冠冕堂皇，
还请陛下明鉴，是他挑衅我在先，
他先对我这个标志大放厥词，
说什么这朵花那苍白的颜色
暴露了我家老爷内心的怯懦。

约克公爵理查　难道这怨恨，萨默塞特，就不能放到一边？

萨默塞特　　　你的私愤，我的约克公爵，终究会暴露出来，
虽然你如此处心积虑巧于掩盖。

亨利六世　　　天哪，呆头呆脑的人真够糊涂，
为了如此琐细无聊的一件小事，
居然闹到如此分庭抗礼的地步？
约克和萨默塞特二位卿家，
求你们冷静一下，和睦融洽。

约克公爵理查　这一纠纷先让武斗来解决，
然后陛下再颁旨要求和平。

萨默塞特　　　这场争吵乃我俩私事，与别人无干；
所以还是让我们自己来做了断。

1　法律问题：即继承权和约克之父被褫夺法权的问题（参见第二幕第四场）。

约克公爵理查	我以此¹向你挑战；接受吧，萨默塞特。
凡农	别，事打哪儿起还是由哪儿处理。
巴西特	同意这么办吧，我尊敬的老爷。
格洛斯特	同意这么办？你们的争吵赶紧打住，
	带上你们的混账话见鬼去；
	放肆的奴才，你们不觉得害臊吗？
	这样狂妄嚣张，大吵大嚷，
	害得王上和我们不得安宁。
	还有你们，二位大人，我觉得你们不该
	纵容他们蛮不讲理，相互非难；
	更不该听信他们言语挑拨，
	你俩自己也反目成仇起来。
	我劝二位不要执迷不悟，自走绝路。
埃克塞特	此事令陛下痛心；我的二位好大人，和好吧。
亨利六世	过来，你们两个想决斗的人；
	朕命令你们，如果想得到朕的恩遇，
	就把这场争吵连同起因彻底忘记。
	还有你们，二位爱卿，别忘了我们身处何地：
	在法兰西，一个反复无常的国度，
	要是他们察言观色发现我们内部
	离心离德，人心不齐，
	岂不会激发他们叽叽咕咕的肠肚
	故意不顺服，揭竿而起！
	而且，一旦外邦君王得知
	本王亨利左右的亲贵重臣

1　此（pledge）：指借以发出决斗挑战的信物（常为手套）。

竟为一点鸡毛蒜皮的小事，
自相残杀丢了法兰西领地，
那由此将生出何等的耻辱！
唉，顾念父王当年的征服，
朕幼小年纪，咱们莫因一点小事
断送了用鲜血换来的疆土。
朕来对这场愁人的争端作个公断：
朕看不出任何理由，若朕戴上这朵玫瑰，（戴上一朵红玫瑰）
会有什么人据此而猜忌
在萨默塞特和约克之间，朕厚此薄彼。
两位都是朕的亲戚，两位朕一般亲密。
他们大可以责怪朕不该加冕，
因为，老实说，苏格兰王加过冕。
不过你们都是明事知理的人，
用不着朕点拨劝导自能明辨。
所以，当初来时我们和和气气，
就让我们继续和气友爱下去。
约克贤卿，朕委任卿家担任
朕在法兰西这些地方的摄政；
萨默塞特贤卿，整合一下
你的骑兵与他的步兵，
拿出忠实臣民、祖先后裔的样子，
欢欢喜喜地一同前去
在敌人身上发泄你们的怒气。
朕本人、护国公及余下众臣，
稍作停顿后便返回加来；
再从那儿返回英格兰；盼你们

不日凯旋，将查理、阿朗松等
一干叛贼献致朕御阶之下。

　　　　除约克、沃里克、埃克塞特与凡农外，众人下。喇叭奏花腔

沃里克　　约克大人，跟您说，王上这通说辞，
　　　　本人觉着，真是相当出色。

约克公爵理查　确实如此；不过我却不喜，
　　　　因为他佩戴着萨默塞特的标志。

沃里克　　唏，那不过是他一时兴起，别怪他；
　　　　我敢说，亲爱的殿下，他并无恶意。

约克公爵理查　要是我知道他心存恶意——这事暂不提；
　　　　还有别的事情眼下必须处理。　　除埃克塞特外，众人下

埃克塞特　这就对了，理查，话到嘴边又咽回去；
　　　　因为要是你心里的气爆发了出来，
　　　　我恐怕我们要看到
　　　　非我们始料所能及的
　　　　刻骨仇恨和炎炎怒火会暴露无遗。
　　　　但无论如何，任何一个平头百姓
　　　　看到王公大臣们如此龃龉失和，
　　　　在朝廷上如此相互排挤倾轧，
　　　　各自的亲信如此树派系唇枪舌剑，
　　　　都看得出这必定预示着什么祸端。
　　　　稚童执掌权杖本就大局难支；
　　　　更兼嫉恨生出这党争乱纲纪，
　　　　覆亡必将至，乱局由此肇始。　　　　下

第二场 / 第十四景

波尔多[1]城门外

塔尔博特率鼓号手上，出现在波尔多城前

塔尔博特　　到波尔多城门口去，号兵；

　　　　　　　叫他们的统帅到城墙上来。

吹号。法军统帅上至高台

　　　　　　　各位将领，英国人约翰·塔尔博特，

　　　　　　　英王亨利的武臣把你们招来，

　　　　　　　兹命令你们：打开你们的城门，

　　　　　　　向我们称臣，奉我们的君为君，

　　　　　　　并以忠顺臣民的身份向他致敬，

　　　　　　　我和我的嗜血大军便罢手撤退。

　　　　　　　反之你们若拒绝这一和平提议，

　　　　　　　你们便激怒了本人的三位随侍：

　　　　　　　殍殣枕路的饥荒、斩筋断骨的钢刃和熊熊升腾的烈火；

　　　　　　　若你们拒绝了它们的一片好意，

　　　　　　　顷刻之间它们就会将你们那些

　　　　　　　气派雄伟的高楼大厦夷为平地。

统帅　　　　你这个凶神恶煞的死神之鸮，

　　　　　　　你这尊令我族闻之色变的瘟神，

　　　　　　　你那横行霸道的末日就要来临。

　　　　　　　除非送死你休想进入我方城门；

1　波尔多（Bordeaux）：法国西南部加龙河（River Garonne）上一主要港口。

我正告你我们不仅有坚强防御，
而且还有足够的兵力出城迎战。
如果你撤退，装备精良的王储
正张网以待，等你自己往里钻。
你的两翼都有重兵布阵，
包围夹攻让你插翅难逃；
你已绝无可能向谁求援，
唯有坐视死神降下大难，
灭顶之灾当面要你好看；
万名法军已经领过圣餐[1]，
他们猛烈的炮火只轰烂
英格兰的塔尔博特，别的基督徒皆保平安；
瞧，你站在那儿，一条鲜活的好汉，
一身所向无敌、不可战胜的气焰；
这是你的敌人我所能送上的
对你的最后一番称赞。
因为此刻沙漏已经开始流动，
不等它走完它那一小时行程，
此时看到你红光满面的眼睛，
便会见你枯槁、流血、惨白、丧命。（远处鼓声）
听！听！王储的战鼓，已经示警，
为你那胆怯的灵魂沉重而鸣，
而我的战鼓将敲响你的丧钟。　　　　　下

塔尔博特　他所言不虚，我听见了敌人的动静；
出动，去几个轻骑侦察一下他们的两翼。

1　领过圣餐：领圣餐乃见证所立誓约的一种方式。

啊，兵法上麻痹大意，

我们已陷入怎样的一种围堵？

一小群怯生生的英格兰猎物，

叫一群猖吠的法兰西猎狗吓得六神无主。

就算我们是英格兰猎物，那也该健壮结实，

不像孱弱的幼兽那样一咬就倒地，

而要像被逼急了狂怒拼命的雄鹿，

用头顶的利剑顶撞那嗜血的猎狗，

使那群怕死鬼远远地站住；

每一个人都像我一样卖命，

他们会发现我们这群猎物代价高昂。

上帝与圣乔治，塔尔博特与英格兰的权利，

保佑我们的旗帜在这场血战中所向披靡！　　　　　众人下

第三场　　/　　第十五景

法兰西，距波尔多要走六个小时的地方，具体地点不详

一前来见约克的信差上。约克率号兵及众兵士上

约克公爵理查　　我们派去跟踪法王储大军的

　　　　　　　　那几个快探还没有回来吗？

信差　　　　　　他们回来了，大人，而且还断定说

　　　　　　　　法王储率军前往波尔多

　　　　　　　　迎战塔尔博特去了；他进军途中，

您派出的密探发现

两支比法王储所部还要强大的队伍，

与他合兵一处，一起向波尔多进发。

约克公爵理查 萨默塞特那恶棍真不得好死，

此次围城征召的骑兵部队，

他答应给我增援过来，却如此违误！

威名赫赫的塔尔博特热盼我的增援，

我却叫一个混蛋奸贼给戏要了一番，

不能助那高贵的骑士一臂之力；

愿上帝帮他一解这燃眉之急；

他要有个三长两短，法兰西战事就此没戏。

又一信差威廉·卢西爵士上

卢西 我们英军尊贵的统帅大人，

法兰西土地上从未如此需要您，

请您火速驰援高贵的塔尔博特，

眼下他已身陷铁桶一般的围困，

面临灭顶之灾，形势万分严峻；

去波尔多，英勇的公爵，去波尔多，约克，

不然，塔尔博特，法兰西，还有英格兰的荣耀就全完了。

约克公爵理查 上帝啊，真愿那骄横狂妄、迟迟不发骑兵

的萨默塞特落入塔尔博特的处境，

那样我们便可保住一个骁勇君子，

除掉一个叛贼、懦夫；

可我们这样赴死，奸贼们却高枕无忧，

怎叫我不愤怒交加，涕泪横流。

卢西 哎，快派援兵去救危难中的将军吧。

约克公爵理查 他阵亡，我们失利；我有背我的军人之诺。

我们伤悼，法兰西欢笑；我们失利，他们天天有斩获。

这一切全都怪萨默塞特这个无耻的奸贼。

卢西　　那么乞望上帝垂怜勇敢的塔尔博特的灵魂，

还有他年纪轻轻的儿子约翰，两小时前

我遇见他正在赶往他英勇父亲的途中；

这七年塔尔博特不曾见过他儿子一面，

不想此时他们重逢却要双双把命断送。

约克公爵理查　　唉，高贵的塔尔博特欢迎幼子

进入自己的坟墓，何来什么欢喜？

走吧，苦痛差点儿没让我闭了气，

久别的亲人居然相聚于临死之际。

卢西，再会；我时运不济，已回天无力，

只能咒骂那害我不能救援将军的祸根 [1]。

曼恩、布卢瓦、普瓦捷和图尔相继沦陷，

这全都是因为萨默塞特和他的迟误拖延。

除卢西外，众人下

卢西　　值此那叛乱的秃鹫啄食

这些伟大将领的胸膛之际，

却有人玩忽职守，把我们尸骨未寒 [2] 的征服者——

永远活在人们心中的亨利五世——

所打下的江山就这样葬送；

而他们这样互相拆台使绊子，

生命、荣耀乃至一切都将迅速失去。　　　　　下 [3]

1　祸根：即萨默塞特。

2　尸骨未寒：然而据史料，本场所述之事发生在亨利五世驾崩 31 年之后。

3　有些编者将卢西留在了台上；下一场开场不久他就又开腔了。

第四场 / 第十六景

萨默塞特率部上，塔尔博特属下一队长随上

萨默塞特　　太晚了；现在我不能派他们去；

　　　　　　这次出征约克和塔尔博特

　　　　　　谋划得太过草率。我们的全部主力，

　　　　　　单是城内守军搞一次突然袭击，

　　　　　　就可能要疲于应付；胆大过头的塔尔博特

　　　　　　这一次鲁莽、孤注一掷的疯狂冒险，

　　　　　　把他自己的一世英名都给毁于一旦；

　　　　　　约克怂恿他出战，要让他蒙羞而死，

　　　　　　塔尔博特一死，堂堂约克便可独享荣誉。

队长　　　威廉·卢西爵士来了，他与我一道

　　　　　　从我们寡不敌众的部队赶来求援。

威廉·卢西爵士上

萨默塞特　　怎么，威廉爵士，你奉令上什么地方去？

卢西　　　上什么地方去，大人？是从被出卖的塔尔博特大人那里来，

　　　　　　他眼下身陷敌军的重重围困，

　　　　　　亟须尊贵的约克和萨默塞特，

　　　　　　击退死神对他薄弱兵力的攻击；

　　　　　　此时此刻这位可敬的将军那里

　　　　　　久战不支的肢体滴淌着带血的汗，

　　　　　　苦苦支撑拖延，盼望着救援，

　　　　　　您，他虚幻的救星，身系英格兰荣耀，

　　　　　　为了无聊的争斗而袖手旁观；

      请您不要因为私人间的恩怨

      把征调给他的援兵扣留不遣，

      坐视他这位著名的尊贵将领

      因为敌我过于悬殊捐躯送命。

      奥尔良私生子，查理，勃艮第，

      阿朗松，雷尼耶，把他团团围住，

      您的失职把塔尔博特置了死地。

萨默塞特 约克怂恿他出征；约克理当派出援兵。

卢西   约克同样也急于指责殿下，

      说他专为此役而征召的人马，

      被您扣下，迟迟不发。

萨默塞特 约克撒谎；他大可以派人来要走骑兵。

      我不短他的债，更不欠他的情，

      犯不着低三下四派兵博他高兴。

卢西   英格兰的我诈尔虞，而非法兰西的兵力，

      已将高情远志的塔尔博特推入绝地；

      他生还英格兰已绝无可能，

      你们的内讧令他把命断送。

萨默塞特 好啦，去吧；我这就把骑兵派遣；

      六个小时之内即可抵达增援。

卢西   增援来得太晚；他没被俘也已遭戮。

      因为就算他想逃，也逃不掉，

      何况就算逃得了，塔尔博特也决不肯逃。

萨默塞特 若他阵亡，英勇的塔尔博特，那就永诀了。

卢西   他的英名与世长存，他的耻辱与你同在。 同下

第五场 / 第十七景

法兰西波尔多附近一战场

塔尔博特与其子约翰上

塔尔博特 唉，年轻的约翰·塔尔博特，我把你招来
原本是想传你一些用兵之道，
待他日为父年迈肢体没气力，
倒在椅子上瘫坐不起时，
塔尔博特的名声在你身上重振。
不想——唉，歹毒不祥的星辰——
让你赶赴的却是一席不归之宴，
一场可怕而无法避免的危险；
所以，亲爱的儿子，快跨上我最快的快骑，
我来指点你夺路而逃的法子。
来，不可迟疑，快去。

约翰 我姓塔尔博特吧？我是您的儿子吗？
我该逃吗？啊，如果您爱我的母亲，
就请不要玷污她高贵的名声，
不要让我当孬种，做奴才；
世人会说，他不是塔尔博特的亲骨肉，
高贵的塔尔博特死战，他却卑鄙逃走。

塔尔博特 逃吧，要是我遇难了，替我报仇。

约翰 如此脱逃的人决不会再回来。

塔尔博特 你我都留下，都必死无疑。

约翰 那就让我留下，父亲，您逃吧；

您阵亡损失惨重，您的安危要紧；
我无足轻重，我没了，于事无损。
我死法兰西人没什么可以借机夸口；
您死就不同，所有希望就化为乌有。
逃跑也玷污不了您业已赢得的荣誉，
却会令我声名狼藉，因为我还寸功未立。
您逃是为了以利再战，谁都不会有异议；
而我要是退却，他们便会说是因为胆怯。
如果一上来我就畏缩逃走，
又岂能奢望日后我会坚守。
我在此单膝跪地但求一死，
也决不身背骂名苟活于世。

塔尔博特	难道要叫你母亲的所有希望同归一炙？
约翰	对，宁愿这样，我也不要辱没母亲孕育我的腹囊。
塔尔博特	我命令你走，否则就得不到我的祝福。
约翰	去作战我愿意，但临敌而逃，恕难从命。
塔尔博特	为父的一部分可在你身上得到保全。
约翰	任何部分都不会在我身上保全，只能让我贻羞万年。
塔尔博特	你功名未立，也就不会声名扫地。
约翰	对呀，您功名盖世；逃遁岂会有损您的英名？
塔尔博特	为父之命可以替你把这一污点洗清。
约翰	您身死疆场，无法为我作证。
	要是明摆着必死，不如咱爷儿俩一起逃命。
塔尔博特	撇下我的部下在这里血战至死？
	我这辈子还从未干过此等丑事。
约翰	我年纪轻轻就该背上如此骂名？
	任凭谁也别想叫我离开您的身旁，

就像您不能把自己一劈两半一样；
留，走，您爱怎么做，我怎么做；
父若以身殉国，儿亦不会苟活。

塔尔博特　那我便就此与你诀别了，好儿子，
你的生命今天下午注定将要消逝；
来，咱爷儿俩肩并肩，生死与共，
灵魂一道从法兰西向天堂飞升。　　　　　同下

第六场　／　景同前

警号；过场交战，塔尔博特之子约翰被法军包围，塔尔博特上前营救

塔尔博特　圣乔治保佑我们胜利！杀啊，将士们，杀啊；
摄政 [1] 违背他对塔尔博特的诺言，
丢下我们来抵挡法兰西的怒剑。
约翰·塔尔博特在哪里？停下来，喘口气；
我给了你生命，又把你从死神手里救取。

约翰　　啊，您两度做我的父亲，我两度做您的儿子；
您第一次给我的生命已丧失殆尽，
多亏您用神勇的利剑，藐视命运，
给我有限的时日增添了新的光阴。

塔尔博特　你挥剑砍得法王储头盔乱冒火星，

1　摄政：即约克，在第四幕第一场中被任命为摄政。

这令为父心头一暖生出大胆争胜
的豪情。迟暮残年，这下才得以
焕发少年血性，燃起杀敌的勇气，
击退了阿朗松、奥尔良、勃艮第，
从高卢那骄兵中救出了你。
那个怒气冲冲的奥尔良私生子，
让我儿你初次上阵就见红破皮。¹
不多久我就和他交上了手，
没几个回合下来我很快就
放出了这个杂种的血，还臭骂
他一顿："你这卑鄙龌龊的小人，
我放出你这贱杂种的污血，
谁叫你将我勇敢的儿子塔尔博特打伤，
让他流出那纯洁的鲜血。"
我正要将这个杂种干掉，
强大的援军赶到。说话呀，为父的娇儿；
你不疲乏吗，约翰？你感觉如何？
你已经证明了自己是将门之后，
孩子，难道你还不愿弃阵逃走？
逃吧，等我死后替我报仇雪恨；
多你一个人也助不了我多少阵。
唉，将我们的性命全系于一条小船，
我深知，只有十足的笨蛋才会那样干。
就算我今日不死在残暴的法国人之手，
明天也会死于老迈衰朽。

---

1 见红破皮：原文为 maidenhood，意为"童贞"。

在我身上他们占不到任何便宜，
我留下不过是寿命减少一天而已。
你身系你母亲的遗志、我们家族的名称、
我的死仇、你的青春和英格兰的名声，
你留下，这一切及其他都有危险；
你逃走，这一切都能够得到保全。

约翰　　奥尔良的利剑没给我留下痛觉；
您的这番话却令我心头滴血。
为了那样的便宜，用这样的耻辱换取，
为了区区一条小命不惜牺牲名节大义，
小塔尔博特若弃老塔尔博特逃跑，
就叫驮我的这孬种马失蹄摔死掉；
就叫我像法兰西的农家小儿一样，
成为耻笑的笑柄，遭尽所有灾殃！
请您相信，我以您所赢得的荣誉起誓，
我若逃跑，就不是您塔尔博特的儿子。
您就别再提逃遁了，那是白费口舌；
生为塔尔博特之子，就应在塔尔博特脚边死去。

塔尔博特　　那就跟随你这克里特岛拼命的父亲，
你这伊卡洛斯[1]；你的生命最让我挂心。
你若一意作战，那就战斗在为父身边；
用行动叫人称赞，咱爷儿俩光荣把躯捐。　　　　同下

1　跟随……伊卡洛斯：伊卡洛斯（Icarus）与其父代达罗斯（Daedalus）欲用羽毛和蜡制成的羽翼逃离克里特岛上囚徒般的生活；伊卡洛斯飞得距离太阳太近，致使双翼上的蜡融化而坠海丧生。

<h1 style="text-align:center">第七场 / 景同前</h1>

警号。过场交战。老塔尔博特被一仆挽上

塔尔博特　　我另一条命在哪里？我自己的已经故去。

　　　　　　啊，小塔尔博特在哪里？英勇的约翰在哪里？

　　　　　　得意的死神，我虽被俘受欺，

　　　　　　小塔尔博特的英勇却能使我笑对你。

　　　　　　他眼见我败阵单膝跪倒在地，

　　　　　　便挥舞他的血剑来替我遮蔽，

　　　　　　只见他犹如饿狮一头，

　　　　　　又是猛扑，又是怒吼；

　　　　　　可当我愤怒的护卫独自站立，

　　　　　　照护我的残躯，敌人已四散逃离，

　　　　　　气得他两眼发直，心中充满恶气，

　　　　　　倏地从我身旁一跃而起，

　　　　　　杀入法军密集的阵形里；

　　　　　　我儿那凌云气淹没在那片血海里，

　　　　　　我的伊卡洛斯，我的心肝儿子，

　　　　　　就这样光荣地战斗到了最后一息。

仆人　　　噢，亲爱的老爷，瞧您的儿子抬过来了。

众兵士抬着约翰·塔尔博特的尸体上

塔尔博特　　死神你这小丑，在这里对我们嘲笑鄙夷，

　　　　　　不久，两个塔尔博特将永远合为一体，

　　　　　　摆脱你暴虐无道的欺凌压制，

　　　　　　插上双翅，飞越那温馨的天际，

　　　　　　无视你的存在，超脱死亡而去。
　　　　　　（对约翰）啊，你的伤与丑恶的死神倒是般配，
　　　　　　跟为父说句话，趁你还有一口气。
　　　　　　藐视死神把话讲，管他乐不乐意；
　　　　　　把他当作个法兰西人，你的仇敌。
　　　　　　可怜的儿，他面带微笑，我想，他该是想说，
　　　　　　"死神若是法兰西人，那死神今日就已死去。"
　　　　　　来，来，把他放到他父亲的怀里；
　　　　　　我的心再也经不住这些痛苦。
　　　　　　兵士们，再会了；我已心满意足，
　　　　　　老朽的双臂已成为小约翰·塔尔博特的坟墓。（死）

查理、阿朗松、勃艮第、奥尔良私生子与少女贞德上

查理　　　　要是约克和萨默塞特驰援及时，
　　　　　　恐怕今天必是一个腥风血雨之日。

私生子　　塔尔博特那小狗崽子[1]，真是大发神经，
　　　　　　竟用法兰西人的血初试[2]他新打的剑锋。

少女　　　我曾与他遭遇，说了这样一番话：
　　　　　　"你这乳臭小儿，叫你败在本姑娘手下。"
　　　　　　他却摆出一副高傲不屑的威风模样，
　　　　　　这样回答："小塔尔博特生到这世上，
　　　　　　岂会在一个荡妇面前束手就绑。"
　　　　　　说完他就冲进了法军的腹地，
　　　　　　傲慢地弃我而去，似乎我不值一击。

勃艮第　　无疑他本会成为一名高贵的骑士；

1　小狗崽子：有一种猎犬叫"塔尔博特"，此处为文字游戏。
2　初试：原文为 flesh（源自给猎犬喂食生肉以激发其血性的做法）。

瞧他成殓在那双臂中间，

在照拂他处处伤害的血腥至极的人 [1] 怀里。

私生子　将他们碎尸万段，把他们的骨头破开，

他们生前是英格兰的光荣，高卢的大害。

查理　噢，不，且慢；他们生前

令我们闻风丧胆，死了我们也别糟践。

卢西偕法军传令官上

卢西　传令官，引我去王储的营帐，

让我看看今天哪位得了荣光。

查理　派你送来了什么样的投降书？

卢西　投降，王储？那纯粹是个法语词；

我们英格兰战士不懂它什么意思。

我来是想弄清你们抓了哪些俘虏，

同时查看一下阵亡将士的尸体。

查理　你要问俘虏？地狱便是我们的监狱。

你且告诉我你要找的是谁？

卢西　敢问战场上伟大的阿尔喀得斯 [2]，

骁勇的塔尔博特大人，什鲁斯伯里伯爵，

因战功卓著而被册封为

伟大的沃什福德、沃特福德与瓦朗斯伯爵，

古德里奇与厄琴菲尔德的塔尔博特勋爵，

布莱克米尔的斯特兰奇勋爵，奥尔顿的凡尔登勋爵，

1　照拂他处处伤害的血腥至极的人：原文为 the most bloody nurser of his harms，bloody 兼具"嗜血"、"满是血迹"之意；nurser of his harms 兼具"教他创敌的人"、"（准他参战）致使他受伤的人"、"俯身其上似在照护他伤口的人"之意。

2　阿尔喀得斯（Alcides）：即海格立斯，神话中以力大而闻名的英雄。

温菲尔德的克伦威尔勋爵，谢菲尔德的弗尼瓦尔勋爵，

三战三捷的福尔肯布里奇勋爵，

比肩圣米迦勒骑士[1]与金羊毛骑士[2]、

尊贵的圣乔治勋章骑士，

亨利六世御前统领法兰西全境

一应战事的大将军何在？[3]

少女   这好一大串好笑的显赫头衔；

拥有五十二王国的土耳其苏丹，

也开不出这样啰唆的一串头衔。

你用这么多头衔来吹捧的那厮，

正躺在我们的脚下冒臭气生蛆。

卢西   塔尔博特，法兰西人的唯一祸殃，

你们举国的恶煞和黑色涅墨西斯[4]，已经阵亡？

啊，我恨不能将眼珠变成弹丸，

带着满腔怒火射中你们的嘴脸！

啊，我恨不能叫这些亡者复生！

那样就足以叫法兰西全境震恐。

只要把他的容貌留在你们中间，

就能把你们中最傲慢的吓破胆。

把他们的尸体交给我，我好将他们运回去，

按照他们的身份分别举行葬礼。

少女   我看这个狂妄之徒准是老塔尔博特的鬼魂，

---

1 圣米迦勒骑士（Saint Michael）：法国骑士勋位之一，事实上该勋位 1469 年才设立，在本剧所涉事件之后。

2 金羊毛骑士（Golden Fleece）：法国骑士勋位之一，设立于 1429 年。

3 塔尔博特这一长串显赫的头衔可能源自其最初在法国的坟墓上的一段碑文。

4 涅墨西斯（Nemesis）：司正义与报应的希腊女神，惩罚狂傲之徒。

说起话来如此狂傲，颐指气使。
看在上帝的分上把他们交给他；
留在这儿只会发臭，污染空气。

查理　去把他们的尸体运走吧。

卢西　我会运走的；不过从他们的尸灰里
会生出一只凤凰，令全法兰西不可终日。

查理　只要把尸首弄走，怎么处置悉听尊便。
现在趁此胜利，一鼓作气直取巴黎；
嗜血的塔尔博特既死，我们将攻无不取。　　　众人下

第五幕

第一场 　/　 第十八景

伦敦王宫

仪仗号。国王亨利六世、格洛斯特与埃克塞特由侍从陪同上

亨利六世　　教皇、皇帝与阿马尼亚克伯爵的来信，
　　　　　　你好好看过没有？

格洛斯特　　看过了，陛下，信里的意思是：
　　　　　　他们谦恭地恳求陛下
　　　　　　在英格兰和法兰西两国之间
　　　　　　缔结一份神圣的和约。

亨利六世　　他们这项提议，爱卿意下如何？

格洛斯特　　甚好，英明的陛下，而且唯此
　　　　　　方能让我们基督徒不再流血，
　　　　　　确立各方面的安宁。

亨利六世　　对，所言极是，叔父，我始终认为
　　　　　　大家口口声声称信奉同一种宗教，
　　　　　　彼此却这般不停残杀，血腥斗争，
　　　　　　这实在是既不虔诚，又不近人情。

格洛斯特　　此外，陛下，为了早日实现
　　　　　　并进一步巩固这一亲善关系，
　　　　　　阿马尼亚克伯爵，查理的近亲，
　　　　　　法兰西一个权势隆赫的人物，
　　　　　　提出愿许其独女与陛下婚配，

附带陪送一大笔丰厚的嫁妆。

亨利六世　　婚配，叔父？哎呀，我年纪尚幼[1]；

正是用功读书的好时候，

怎可跟姑娘谈情图风流。

不过还是召见下诸使节，依卿之意，

——给他们做一个答复；　　　　　　　　　侍从下

只要能给上帝增光，给国家造福，

任何选择我都会深感满足。

温切斯特着枢机主教装与三位使节（一为教廷特使）上

埃克塞特　　（旁白）什么，温切斯特大人高升，

被加封了枢机主教的位阶？

那我看这怕是真的要应验

亨利五世曾经作出的预言：

"他一旦当上了枢机主教，

便会让帽子[2]与王冠比高。"

亨利六世　　诸位使节大人，各位的请求

已经慎重考虑并讨论完毕；

你们的用意良善而且合情合理；

有鉴于此，朕兹决定

拟订友好和约的条款，

委派温切斯特大人

即刻送往法兰西。

格洛斯特　　（对阿马尼亚克的使节）

至于你的主人所提之事，

1　年纪尚幼：然而据史料，此时亨利实际已 21 岁。

2　帽子：即枢机主教的红帽。

我已向陛下详细奏明

你家郡主的贤淑才情，

美貌乃至妆奁之所值，

圣心甚悦，诚欲迎娶为英格兰王后。

亨利六世　　作为这一婚约的凭据和证明，

将这枚宝石捎给她，以表我的倾慕之情。

好了，护国公贤卿，派人护送他们

安全抵达多佛，再从那里登船，

祝他们一帆风顺平安而返。

　　　　　　　　　　　　　除温切斯特与教廷特使外，众人下

温切斯特　　留步，特使大人，请先收下

我答应要给的这笔钱，

烦您转交给教皇陛下，

聊报赐我这身庄严冠带之恩。

特使　　在下愿意随时为大人效劳。　　　　　　　　下

温切斯特　　如今温切斯特决不向谁屈服，我敢说，

也不比那最高贵的贵族低一等级；

格洛斯特的汉弗莱，你会搞明白

不管是论出身还是论权势，

本主教都不会受你压制；

我若不能叫你俯首屈膝，

就作乱搅他个国无宁日。　　　　　　　　下

<h1 style="text-align:center">第二场 / 第十九景</h1>

法兰西，具体地点不详

查理、勃艮第、阿朗松、奥尔良私生子、雷尼耶与少女贞德上

查理　　　　这些消息，众位贤卿，或许可以鼓舞我们低沉的士气；
　　　　　　据悉顽强的巴黎人已经造反，
　　　　　　掉头回到勇猛的法兰西人这边。

阿朗松　　　那就进兵巴黎，堂堂的法兰西查理，
　　　　　　别按兵不动，贻误了大好时机。

少女　　　　保他们和平无事，若他们归顺我们，
　　　　　　否则就将他们的宫殿夷为平地。

探子上

探子　　　　愿我们英勇的统帅战无不胜，
　　　　　　并祝统帅手下诸位幸福安康。

查理　　　　我们的探子送来了什么消息？请快快讲来。

探子　　　　先前分裂成两派的英兵，
　　　　　　这会儿又拧成了一股绳，
　　　　　　企图马上向您发动进攻。

查理　　　　诸位，这警报来得有点太过突然，
　　　　　　但我们还是要立即准备应战。

勃艮第　　　我坚信塔尔博特不会阴魂不散；
　　　　　　如今他已不在，陛下，您不必忌惮。

少女　　　　所有卑劣情绪之中，数恐惧最为可恶。
　　　　　　只要你一声令下，查理，胜利就非你莫属，
　　　　　　让亨利气急败坏，叫普天下众生牢骚满腹。

| 查理 | 那么出发，诸位贤卿，愿法兰西幸运如意！ | 众人下 |

第三场　/　景同前

警号。过场交战。少女贞德上

少女　　　　摄政得胜，法兰西人溃逃。
　　　　　　咒语咒符，你们快来相助，
　　　　　　还有你们，给我以警示、
　　　　　　向我兆示未来的强大精灵。（雷声）
　　　　　　你们这些神速的救兵，
　　　　　　威严的北方之君的部属，
　　　　　　快显灵，助我此事无虞。

众魔鬼上

　　　　　　如此迅速、活生生地现形，证明
　　　　　　你们对我一如既往地忠心耿耿。
　　　　　　现在，你们这些从阴曹地府中
　　　　　　挑选出来的附身精灵，
　　　　　　再帮我这一回，让法兰西获胜。

魔鬼走动，但不吱声

　　　　　　唉，别老是对我一声不吭；
　　　　　　我一向拿自己的血喂你们，
　　　　　　如今只要你们肯屈尊相助，
　　　　　　我愿砍下一只胳膊给你们，
　　　　　　作为日后再重酬的保证金。

魔鬼纷纷垂头

> 无望得救了吗？你们若慨允
>
> 我的恳求，我定将以身相报 [1]。

魔鬼纷纷摇头

> 难道我献身、献血都不能
>
> 求得你们往日那样的照应？
>
> 那拿去我的灵魂——我的身子、灵魂以及全部——
>
> 只求英格兰不叫法兰西失利。　　　　　　　　魔鬼纷纷离去
>
> 瞧，他们遗弃了我！如今气数已尽，
>
> 法兰西必须低下她羽毛高耸的头盔，
>
> 把自己的头颅埋进英格兰的大腿。
>
> 我以前的咒语法力太弱小，
>
> 地狱的力量太强大，让我无力招架。
>
> 这下，法兰西，你要颜面扫地啦。　　　　　　　　　　　下

过场交战 [2]。勃艮第与约克肉搏。法军溃逃，撇下少女贞德，为约克所俘

约克公爵理查　　法兰西小妞儿，我想这回你跑不掉了；

　　　　　　　　快念咒语把你那些精怪放出来，

　　　　　　　　看看它们能不能让你重获自由。

　　　　　　　　好一件战利品，献给魔王陛下定能讨其欢心！

　　　　　　　　瞧，这个丑巫婆还真在皱眉头呢，

　　　　　　　　仿佛要学喀耳刻 [3] 改变我的模样！

少女　　　　　你的模样糟到了家，没法再往糟里变化。

约克公爵理查　　嘿，查理王储才是俊男；

1　以身相报：具性含义。

2　交战中贞德复上。

3　喀耳刻（Circe）：希腊神话中一个居住在岛上的魔女，曾用魔剂将人变成猪。

	除了他，你挑剔的目光谁都看不上眼。
少女	愿惨烈的灾殃降临在查理和你头上，
	愿你俩睡在床上的时候，
	双双突遭血腥的毒手！
约克公爵理查	破口大骂的巫婆，妖女，住嘴。
少女	求求你，容我再骂上一会儿。
约克公爵理查	骂，异教徒，等你上了火刑柱再说吧。

同下

警号。萨福克手拉玛格丽特上

萨福克	无论你是什么身份，你都是我的俘虏。（凝视她）
	啊，绝色美人儿，别怕也别逃；
	因为我只会用恭敬的手触碰你；
	我吻你的手指是为了永久的和平，
	再将它们轻轻放回你细嫩的腰际。
	你是何许人？说，我好以礼相称。
玛格丽特	我名叫玛格丽特，公主身份，
	那不勒斯国王之女，不管你是何许人。
萨福克	我位列伯爵，人称萨福克。
	莫要怪罪，造化的奇迹，
	你落在我手里乃是天意；
	天鹅便是如此保护毛茸茸的小天鹅，
	把它们约束在她的翅膀下面；
	不过你若不喜欢这种奴隶般的待遇，
	走吧，重获自由，做萨福克的知己。（她欲走开）
	噢，且慢！——（旁白）我无法放她离去；
	我的手想放她，可我的心不同意。
	就像太阳抚弄如镜的溪流，
	反射出另一道闪烁的光芒，

这位华贵的美人儿令我两眼放光。

我真想向她求爱，但又不敢启齿；

我这就要来笔墨，写出我的心迹；

呸，德拉波尔[1]，别小瞧了你自己；

你没长舌头吗？她难道不在这里？

你一见到女人[2]就吓得直打退堂鼓？

唉，美貌确实有这样高贵的威严，

整得人舌头不听使唤，情迷意乱。

玛格丽特　说，萨福克伯爵——如果这样称呼你没错的话——

我必须交多少赎金你才肯放我一马？

因为我看出我已是你的俘虏。

萨福克　（旁白）你怎么能断定她会拒绝你的追求，

你还都没有试上一试她中意与否？

玛格丽特　你为什么不说话？我须交多少赎金？

萨福克　（旁白）她长得美丽，才叫人萌动爱意；

她身为女人，正待人俘获芳心。

玛格丽特　你肯不肯接受赎金，肯还是不肯？

萨福克　（旁白）痴心汉，别忘了你已经有了妻室；

玛格丽特怎么可能成为你的情人？

玛格丽特　（旁白）我最好一走了之，反正他也没心思听。

萨福克　（旁白）想到这儿全是白费；那儿有一张寒心牌[3]。

玛格丽特　（旁白）他胡言乱语；这人肯定是疯了。

1　德拉波尔（de la Pole）：萨福克的姓。

2　一见到女人：原文为 a woman's sight，还可解为"一被女人看"。

3　寒心牌（cooling card）：即对手的制胜牌，此牌一旦打出，他人赢牌的希望便化为泡影（含"为欲火'降温'"之意）。

萨福克	（*旁白*）不过没准儿可以获得教皇的特许。
玛格丽特	不过我还是希望你回答我的话。
萨福克	（*旁白*）我要赢取这位玛格丽特公主。赢给谁？
	噫，赢给我们国王；呸，那是个木棒槌[1]。
玛格丽特	（*旁白*）他说到木头；兴许是个木匠。
萨福克	（*旁白*）不过这样一来我的痴心便可得偿，
	而且还可以使两国结为和睦友邦。
	不过这其中也还是存在一个难题：
	虽然她父亲贵为那不勒斯的国王，
	安茹与曼恩公爵，却穷得叮当响，
	这门亲事我们的显贵们怕瞧不上。
玛格丽特	你听见了吗，将军？你不得空儿吗？
萨福克	（*旁白*）就这么办，管他们瞧得起瞧不起。
	亨利年轻，很快就会同意。——
	（*对玛格丽特*）公主，我给你透露一个秘密。
玛格丽特	（*旁白*）我被俘又有什么关系，他貌似个骑士，
	不会有要糟蹋我的意思。
萨福克	小姐，请屈尊听我道来。
玛格丽特	（*旁白*）兴许法军会将我营救出去，
	那样我就不必央求他的礼遇。
萨福克	亲爱的公主，请听我陈明原委。
玛格丽特	（*旁白*）呸，女人被俘[2]向来有之。
萨福克	小姐，敢问你何出此言？

---

1 木棒槌（wooden thing）：兼具"蠢主意"、"不为情所动的人（即国王）"、"（萨福克）勃起的生殖器"之意。

2 被俘：兼具字面义和比喻义，亦即真正意义的俘虏和爱情的俘虏。

玛格丽特	请原谅，这不过是有来有往。
萨福克	我说，温柔的公主，你难道不觉得 因被俘而成为王后是美事一桩？
玛格丽特	在囚房里面做王后 比低三下四做奴隶还要下贱； 因为王公贵族当有自由。
萨福克	你也同样会享有， 但凡洪福齐天的大英国王享有自由。
玛格丽特	噫，他自不自由跟我有什么关系？
萨福克	我将鼎力促成你做亨利的王后， 把金色的权杖交到你手里， 将珍贵的冠冕加在你头上， 只要你肯屈尊做我的——
玛格丽特	什么？
萨福克	他的情人。
玛格丽特	我不配做亨利的妻子。
萨福克	不，温柔的公主；是我不配 请求如此标致的小姐做他的妻子， 这个选择中也没我个人什么份儿， 你意下如何，公主，这样是否满意？
玛格丽特	只要家父中意，我就满意。
萨福克	那就召集我们的将领和掌旗兵， 公主，我们将在令尊的城堡外面 请求休战谈判，跟他交换下意见。

众将领、掌旗兵与号兵上

吹奏休战谈判号。雷尼耶上至城墙之上

　　　　　看，雷尼耶，看，你的千金做了俘虏。

雷尼耶	谁的俘虏?
萨福克	我的。
雷尼耶	萨福克,那有什么办法?
	我身为军人,不便哭哭啼啼,
	也不当怨那命运反复无常。
萨福克	不,办法有的是,我的大人:
	答应,为了您的荣誉答应
	将令爱嫁给我们王上就成,
	她在我苦苦相求下已心动;
	此番令爱被俘没什么罪受,
	反为她赢得了高贵的自由。
雷尼耶	萨福克此番话可是肺腑之言?
萨福克	美丽的玛格丽特清楚
	萨福克不逢迎,不欺骗,不遮掩。
雷尼耶	有你这金口保证,我这就
	下去答复你的正当请求。

自城墙下

萨福克	那我就在此恭候您的驾临。

号声起。雷尼耶上主台

雷尼耶	欢迎,尊贵的伯爵,来到敝境;
	在安茹,一切但听阁下吩咐。
萨福克	多谢,雷尼耶,有这样可爱的闺女,
	可与国王结成伴侣,真是好福气;
	殿下,对在下的请求您作何答复?
雷尼耶	既蒙你屈尊以求小女轻贱之身,
	配作这样一位君主的尊贵新娘,
	若蒙许我能安享
	自己的领邑,曼恩和安茹,

	不受压迫，免遭战争打击，
	小女便属亨利，遂他心意。
萨福克	这话就是她的赎金；我这就放人，
	还有那两块领邑，我保证
	殿下尽可以安享无虞。
雷尼耶	作为回报，你既奉亨利王的名义，
	代表那位仁慈的君主，
	我将她的手交给你以表订下这门婚事。
萨福克	法兰西的雷尼耶，我代国王向您致谢，
	因为这是在替国王办事。——
	（旁白）不过，我想，我也满心乐意
	在这件事上做我自己的代理。——
	（对雷尼耶）我这就把这个消息带回英格兰去，
	并准备举行隆重的婚礼；
	就此告辞，雷尼耶；收好这颗钻石，
	放在金殿里，那才是适宜之地。
雷尼耶	我真心拥抱你，就像基督徒亨利王
	若在此我会拥抱他一样。
玛格丽特	再会，大人；美好祝愿、赞美和祈祷
	萨福克永远可以从玛格丽特这里得到。（欲走）
萨福克	再会，亲爱的公主；不过你听我说，玛格丽特；
	就没有尊贵的问候之辞要我转致王上？
玛格丽特	请代为转致一个少女，一个闺阁女子，
	一个奴婢该致的问候之辞。
萨福克	这句话措辞既动听又得体。
	不过公主，我还须烦问您一事；
	没有定情的信物要我捎给陛下？

玛格丽特	有，我的好大人，我送给主君
	一颗纯洁无瑕、情窦未开的心。
萨福克	还有这个。（吻她）
玛格丽特	这个您自己留下吧；我不会如此冒昧
	拿这样无知的信物去送给一个国王。

雷尼耶与玛格丽特下

萨福克	啊，但愿能把你给我自己留下！不过，萨福克，且慢；
	你可不能在那座迷宫里面游荡；
	那里有牛头怪¹和叛逆丑行潜藏。
	夸夸她的惊人之处让亨利心痒。
	你回想一下她德行的过人之处，
	那令人工雕饰黯然的天生丽质，
	在海上要时常把这些印象回忆，
	这样等你去跪倒在亨利脚前时，
	可说得天花乱坠叫他丢掉神智。 下

---

1 迷宫……牛头怪：希腊神话中，牛首人身的牛头怪弥诺陶洛斯（Minotaur）居住在克里特岛
弥诺斯国王（King Minos）的迷宫里。

第四场 / 第二十景

法兰西，具体地点不详

约克、沃里克、一牧羊人上，少女贞德被押上

约克公爵理查 把那个判处火刑的巫婆带上来。

牧羊人 啊，贞德，这真叫你爹我心如刀剜。

我远远近近到处找遍，

今天走运才把你找见，

非得让我看到你年纪轻轻悲惨地死去？

啊，贞德，好闺女贞德，我陪你去死。

少女 老迈的可怜虫，卑贱的苦命人，

我乃高门贵第出身。

你非我父，亦非近亲。

牧羊人 胡说，胡说！——各位大人，请你们明鉴，不是那回事儿；

我确实生了她，全堂区都清楚；

她娘亲还活着，可以证明

她是我单身[1]结出的头一个果儿。

沃里克 不知羞耻，你连生父也不认？

约克公爵理查 由此可见她是个什么样的人：

既邪恶又无耻，所以就该处死。

牧羊人 呸，贞德，你咋会这么屈强[2]？

---

1 单身：原文为bach'lorship，暗示贞德是私生女，具喜剧效果，可能系有意为之，也可能是无心之笔；牧羊人或意谓"年轻"，该词还可以表示"见习期，学徒期"。

2 屈强：即倔强。此处故意误为"屈强"，因为原文中牧羊人将obstinate（倔强）误为obstacle（障碍），暴露了其卑微出身。

　　　　　　　上帝知道你是我身上的一块肉，

　　　　　　　为了你我不知掉过多少泪；

　　　　　　　别不认我，求你，好贞德。

少女　　　乡巴佬，滚开！——（对众英国人）你们买通这个人，

　　　　　　　故意辱没我的高贵出身。

牧羊人　　是真的，我跟她娘成亲的那天上午，

　　　　　　　我送了一块金币给神甫。

　　　　　　　跪下来接受我的祝福，我的好闺女。

　　　　　　　你不肯下跪？你生的那个时辰

　　　　　　　真该死；真希望你吃你娘奶时，

　　　　　　　她给你的那些奶水

　　　　　　　是点儿耗子药才好。

　　　　　　　要么，你在野地里替我放羊时，

　　　　　　　恨不能叫哪只饿狼吃掉就好了。

　　　　　　　你真的不认你爹，该死的婊子？——

　　　　　　　啊，烧死她，烧死她；绞死太便宜了。　　　　下

约克公爵理查　把她带走；她已活得太久，

　　　　　　　让世界到处长满了毒瘤。

少女　　　先让我告诉你们被你们判死罪的是什么人：

　　　　　　　可不是什么羊倌乡巴佬所生，

　　　　　　　而是一脉相传的君王的后裔，

　　　　　　　贞洁而神圣，乃上苍选定，

　　　　　　　受了皇皇天恩的感应，

　　　　　　　来到尘世行非凡神迹的人。

　　　　　　　我从来就无须与邪魔勾搭 [1]；

1　勾搭：双关语，兼具"苟合"之意。

可是你们，贪欲熏心，

沾满无辜百姓的血腥，

败坏透顶，恶贯满盈；

只因你们没有别人所享的天恩，

就贸然断定，若非魔鬼相助，

行施奇迹便断无可能。

贞德我并非生得不正¹，

自打生下就秉性贞静，

就连内心的想法也纯洁无瑕，

她贞洁的血若这样无情溅洒，

定要到天门去鸣冤以牙还牙。

约克公爵理查 唉，唉。——（对众卫兵）把她拉下去行刑。

沃里克 你们听着，诸位；姑念她是一个少女，

别可惜柴火，准备个够；

给索命柱浇上几桶柏油，

好让她能少一会儿难受。

少女 什么都不能改变你们狠毒的心肝？

那么，贞德，就暴露你的弱点，

它可以让你依法享受特别豁免。

我有身孕，你们这帮杀人凶犯，

你们可以把我拖去凶暴地处死，

可不要加害我腹中的果实。

约克公爵理查 咦，上天不允！圣女怀孕？

沃里克 你干出的最了不起的奇迹。

---

1 并非生得不正（No misconceivèd）：并非邪恶的产物，并非私生女；有些编者校订了标点，
如改成"No, misconceivèd!"，意为"不，你们想错了！"

你规行矩止到头来竟出这等丑事？

约克公爵理查　她跟法王储一直鬼鬼祟祟。
我早就料到她会如何保命。

沃里克　哼，做梦；我们不会让杂种活命，
更何况这必定是查理的孽种。

少女　你们错了；我怀的不是他的种；
享有过我爱情的是阿朗松。

约克公爵理查　阿朗松，那个臭名昭著的马基雅弗利[1]？
这孽种别想活，就算有一千条命也得死。

少女　噢，对不起，我骗了你们；
既不是查理，也不是我说到的那个公爵，
而是那不勒斯国王雷尼耶占了我的身子。

沃里克　一个有妇之夫；那最难容忍！

约克公爵理查　咦，竟有这样的女子！谅她是阅人太多，
不知道该往谁的头上扯。

沃里克　可见她是何等放浪[2]。

约克公爵理查　可还口口声声，她是地道的处女。——
荡妇，你这些话将你的野种和你害死。
别再求饶了，那都无济于事。

少女　那就把我带走吧，我把诅咒留给你们：
愿辉煌的太阳永远不要将光芒
照射到你们安身的地方；
愿黑暗和死亡的阴影

1　马基雅弗利（machiavel）：即阴谋家（典出尼科洛·马基雅弗利 [Niccolò Machiavelli] 的《君主论》[The Prince]，一部 17 世纪专著，被认为倡导为达目的而不择手段玩弄权术）。
2　放浪（liberal and free）：放荡与淫乱（或嘲笑其"慷慨与天真无邪"[generous and innocent]）。

　　　　　　　　笼罩你们，直到灾殃和绝望
　　　　　　　　逼得你们断颈寻死或上吊而亡！　　　　　　被押下
约克公爵理查　叫你碎尸万段，焚为灰烬，
　　　　　　　　你这万恶的该死阴差！

温切斯特主教，现枢机主教偕侍从上

温切斯特　　摄政大人，在下携王上诏谕
　　　　　　　　特来拜会阁下。
　　　　　　　　奉告二位大人，信奉基督的诸国，
　　　　　　　　感怜这些年惨烈的战祸，
　　　　　　　　敦求本国与野心勃勃的法兰西人
　　　　　　　　达成全面的和平，
　　　　　　　　法王储马上要率领随从
　　　　　　　　前来此地协商一些事情。

约克公爵理查　我们全部劳苦换来的就是这个结果？
　　　　　　　　那么多贵族身遭屠戮，
　　　　　　　　那么多将领、绅士和兵士
　　　　　　　　在这场纷争中失利
　　　　　　　　为国家利益捐了躯，
　　　　　　　　到头来我们却要软弱议和？
　　　　　　　　我们伟大的先辈征服的城池，
　　　　　　　　不是因为叛逆、欺诈和背信弃义，
　　　　　　　　已经让我们丢失得所剩无几？
　　　　　　　　唉，沃里克，沃里克，我痛心地预见
　　　　　　　　法兰西领土怕是要全部沦陷。

沃里克　　　别急，约克；倘若议和，
　　　　　　　　必定会附上严谨苛刻的条款，
　　　　　　　　不让法兰西有多大便宜可占。

查理、阿朗松、奥尔良私生子与雷尼耶上

查理　　　　英格兰的列位大人，既然双方同意

宣布在法兰西和平休战，

我们特来恭听贵方垂示

订这和约必得什么条件。

约克公爵理查　你来说吧，温切斯特，沸腾的怨气阻塞了

我要发出恶声的喉咙，

眼见这些恶敌来到跟前。

温切斯特　　　查理一干人等听着，敕令如下：

鉴于亨利王宅心仁厚，

今兹降旨敕许，

解汝邦战祸之苦，

以俾尔等稍得和平喘息，

尔等当做本朝忠臣顺子。

查理，汝若肯就此立誓，

向吾王纳贡称臣，

可置汝本朝总督一职，

并仍可享有王者之尊。

阿朗松　　　如此他岂不就成了一个傀儡？

头上空戴着一顶小冠冕[1]，

然而在实质和权威方面，

与平头百姓的权利又有何异？

这个提议既荒谬又无理。

查理　　　　众所周知，半数以上的高卢领土

已经掌握在了我的手里，

1　小冠冕（coronet）：贵族佩戴，比王冠小。

我被尊为他们的合法天子。
难道为剩下那未收复之地，
要我牺牲这么多君主特权，
换取全境总督这么个虚衔？
不，特使阁下，我宁愿守住
到手的成果，也不愿贪多，
省得到头来什么都捞不着。

约克公爵理查 忘乎所以的查理，你背地里
偷偷托人出面说情求和，
如今到了真要和解之际，
你又站在一边斤斤算计？
要么接受你僭取的称谓，
此乃吾王施与你的恩惠，
若论功行赏你根本不配；
要么我们就用连连战火让你遭罪。

雷尼耶 （旁白。对查理）主公，在商谈这个和约之时，
您不可过于固执，吹毛求疵；
一旦错过这个时机，十有八九，
我们就再也没有类似的机遇。

阿朗松 （旁白。对查理）说句老实话，您的策略
是为了拯救您的臣民，
不忍因我们持续为敌
而让他们遭受每天可见的屠戮残害；
所以不妨接受这个休战协议，
到哪天您高兴了再将它废弃。

沃里克 你以为如何，查理？我们的条件就这么定了？
查理 就这么定；

只是凡我军驻守的城市，
你们不得主张任何权利。

约克公爵理查 那就宣誓效忠陛下，
你身为骑士，永不抗旨不遵，
永不反叛英格兰国君，
你，还有你的贵族，统统都不。
好了，现在你高兴就遣散你的队伍，
收起你们的军旗，停下你们的战鼓，
因为我们已在此郑重缔结和平协议。 众人下

第五场 / 第二十一景

伦敦王宫
萨福克与国王亨利六世边走边谈上，格洛斯特与埃克塞特随上

亨利六世 高贵的伯爵，你对美貌的玛格丽特
这番绝妙描绘已令我惊异不已；
她的贞淑，加上她的天生丽质，
确使我心中生出爱的深厚情意；
恰似阵阵狂风劲吹，
推动巨轮逆潮踏浪，
我被她的芳名驱使，
不是遭遇船难，就是安然抵岸
让她芳心相许。

萨福克	喏，英明的陛下，这番外表描述
	只能算作她可夸之处的引子；
	这位可爱公主的主要过人处，
	要是臣下口才够好能来尽述，
	可以吟出一部动人心弦的诗，
	再缺想象的人也会心往神驰；
	而且她没那么神圣不可攀附，
	需要那样千方百计讨她欢喜，
	反倒是为人谦恭，心地温良，
	她心甘情愿地遵从您的支使；
	我是说，遵从道德贞操之规，
	把亨利当作她的主子来爱戴。
亨利六世	亨利也绝不会有其他非分之想；
	如此，护国公大人，请照准
	玛格丽特来做英格兰的王后。
格洛斯特	如此为臣是要照准粉饰罪孽了。
	您清楚，陛下，您已经
	与另一位高贵的女子[1]订了终身；
	我们怎能撕毁那纸婚约，
	而又无损于陛下的名节？
萨福克	好比一国之君可以废止非法誓言，
	又似比武场上发誓一决雌雄的好汉，
	因为发现敌我实力高下悬殊，
	还可以临阵退场，弃赛回避。
	一个寒酸伯爵的闺女门不当对，

---

1 高贵的女子：即阿马尼亚克伯爵之女（参见第五幕第一场）。

	所以取消这桩婚约没什么理亏。
格洛斯特	噫，什么，我请问，玛格丽特比她强？
	她父亲不过也就是一个伯爵，
	虽说多出了几个显耀的头衔。
萨福克	强，大人，她父亲是一位国王，
	那不勒斯和耶路撒冷的国王，
	而且在法兰西他也权倾朝野，
	和他联姻能巩固我们的和平，
	让法兰西人一直得俯首效忠。
格洛斯特	这阿马尼亚克伯爵也能，
	因为他跟查理是近亲。
埃克塞特	而且，他财力雄厚，定能陪上一大笔嫁妆，
	而雷尼耶陪不上什么不说，恐怕还得倒索。
萨福克	嫁妆，二位大人？请别这么羞辱你们的王上，
	以为他会如此卑鄙、如此下贱、如此穷酸，
	竟至于选择钱财而不选择完美的侣伴。
	亨利能够让自己的王后富有，
	而不是要找一个能让自己富有的王后；
	低贱的乡巴佬讨老婆才这样斤斤计较，
	就像赶集人买卖牛羊马匹般不让分毫。
	婚姻大事，非同儿戏，
	岂可由旁人包办代替；
	不是哪位我们欢喜，而是哪位陛下中意，
	才能做他婚床上的伴侣。
	所以，二位大人，既然陛下对她最中意，
	这在所有这些理由中对我们最有约束力，
	我们也只能众口一词认为她最合适。

　　　　　　　　强求的婚姻若不是一座地狱，
　　　　　　　　一辈子吵闹争斗不休，还能为何物？
　　　　　　　　两厢情愿的婚姻则可得幸福美满，
　　　　　　　　成就吉祥和谐、百年好合的典范。
　　　　　　　　亨利乃一国之君，除了玛格丽特
　　　　　　　　这一国之君的千金，还有谁能配？
　　　　　　　　她的绝世美貌，再加上她的门第，
　　　　　　　　足见她除了国王，谁也高攀不起；
　　　　　　　　她勇敢的性格和无畏的精神气质，
　　　　　　　　实为巾帼之中所罕见稀有，
　　　　　　　　必不负我们对国王子嗣的希冀。
　　　　　　　　因为亨利，身为征服者的儿子，
　　　　　　　　倘若能与像玛格丽特那样美丽
　　　　　　　　而又意志坚定的女子喜结连理，
　　　　　　　　就不愁更多的征服者难以孕育。
　　　　　　　　让下步吧，二位大人，听我的，
　　　　　　　　让玛格丽特做王后，非她不可。

亨利六世　　究竟是因为你陈词铿锵有力，
　　　　　　　　我的萨福克贤卿，还是由于
　　　　　　　　我年纪轻轻，还从未体会
　　　　　　　　干柴烈火般的爱情的滋味，
　　　　　　　　我无法分辨；但有一点我确信无疑，
　　　　　　　　我感到胸中如此尖锐的对立，
　　　　　　　　热望与恐惧如此猛烈的袭击，
　　　　　　　　害得我不堪思虑，心绪郁郁。
　　　　　　　　所以，贤卿，马上乘船赶到法兰西；
　　　　　　　　答应一切条款，务必求得

玛格丽特公主惠允前来，

渡海到英格兰，从而加冕

做亨利王忠实的膏立王后。

至于你的一应开支用度，

向百姓征什一税来抵补。

去吧，喂，因为，在你返回之前，

我会思虑万千，片刻难安。

您呢，好叔父，千万不要怪罪；

倘若您评判我是用您当年 [1]

而不是现在的眼光，我想您会宽恕

我这心血来潮之举。

这就带我上一个僻静的去处，

我要好好回味一下我的愁绪。　　　　　　　下

格洛斯特　　对，愁绪，我只怕，要从头愁到尾。　与埃克塞特同下

萨福克　　这样萨福克就占了上风，此番前往，

就像年轻的帕里斯当年去希腊 [2] 一样，

但愿也能把同样的艳福享享，

却比那特洛伊小子前程远大；

玛格丽特这就要立为王后，驾驭王上；

我则将驾驭她、王上乃至整个国家。　　　　下

1　用您当年（的眼光）：即用您自己年轻冲动时的眼光。

2　帕里斯当年去希腊：希腊神话中，帕里斯（Paris）拐跑了特洛伊王的娇妻海伦（Helen），从
　而引发了特洛伊人与希腊人之间的那场毁灭性战争。